Fast vergessene Kinderspiele, Bräuche, Kinderlieder und Kinderreime von früher

Dieter Kremp

FAST VERGESSENE KINDERSPIELE, BRÄUCHE, KINDERLIEDER UND KINDERREIME VON FRÜHER

Erinnerungen an unsere Kindheit

Engelsdorfer Verlag
Leipzig
2018

Bibliografische Information durch die Deutsche Nationalbibliothek:
Die Deutsche Nationalbibliothek verzeichnet diese Publikation in der Deutschen Nationalbibliografie; detaillierte bibliografische Daten sind im Internet über https://dnb.de abrufbar.

ISBN 978-3-96145-316-0

Titelbild: Brummkreisel © ruewi (Fotolia)
Hergestellt in Leipzig, Germany (EU)
www.engelsdorfer-verlag.de

10,00 Euro (D)

Das Buch ist gewidmet
meiner Urgroßmutter Magdalena Raber
und meinen Eltern Bertha und Ludwig Kremp.

Weißt du noch, wie es früher einmal war? Es gibt einen „Garten Eden“, ein Paradies auf Erden, aus dem wir nicht vertrieben werden. Es ist das Paradies der Erinnerungen an unsere Kindheit.

Inhaltsverzeichnis

Vorbetrachtung

Wehmutsvoll sind die Erinnerungen an ganz frühe Zeiten, als unsere Großeltern und Urgroßeltern noch kleine Kinder waren. Damals spielten die Kinder den ganzen Tag über, draußen und drinnen, wenn sie nicht in der Schule waren. Es waren aufregende Spiele; kein Baum war zu hoch, um von den Kindern erklettert zu werden. Das Baumhaus gehörte fast zu jedem Garten, zumindest dann, wenn die Kinder schon schulreif waren.

Vor hundert Jahren gab es noch kein Fernsehen, keinen Computer, kein Smartphone und keine Playstation. Und im Haus gab es noch kein Telefon – viel später erst gab es ein Telefonhäuschen in der Dorfmitte. Ich erinnere mich an die ersten Fernsehsendungen am Abend, die Anfang der 1950er Jahre ausgestrahlt wurden. Und wenn es dann schon einen Fernsehapparat im Saal eines Dorfgasthauses gab, dann war am Samstagabend der Saal „gerammelt" voll. So wie es vier Jahre später war, als 1954 das Endspiel der Fußball-WM Deutschland gegen Ungarn übertragen wurde.

Es gab ganz früher ja auch noch kein Radio, erst später dann im Krieg einen „Volksempfänger", der alle halbe Stunde Nazipropaganda bekanntgab. Und als wir noch kleine Kinder waren, liefen wir an Samstagen und Sonntagen kilometerweit in das nächste Dorf, wo schon ein Kino war. Und noch heute erinnern wir uns an die damaligen Filme in den 50er Jahren, wenn wir Kinder „Dick und Doof", „Zorro" und „Tarzan" anschauten.

Noch in den 30er Jahren versammelte sich die Hausgemeinschaft im Winter in der Wohnstube, bei uns auf dem Dorfe als „gute Stube" bezeichnet. Sie war der größte und außer der Küche der einzige geheizte Raum im Haus. Um den mit Scheitholz im Winter geheizten Ofen waren an der Decke Holzstangen angebracht, an denen nasse

Kleidungsstücke getrocknet wurden. Es gab noch kein elektrisches Licht. In der Weihnachtszeit brannten Kerzen und ansonsten im Winter Petroleumlampen, doch das war recht teuer. Wer zu seiner Arbeit Licht brauchte, setzte sich an den Tisch in der Fensterecke, wo auch die kleinen Kinder ihre Spiele machten. Der Großvaterstuhl in der Ofenecke war den Alten vorbehalten, wo Großvater allabendlich sein Pfeifchen schmorte. Platz für viele boten die umlaufenden Bänke. Stühle gab es wenige, sie wurden meist nur für Besucher herangerückt. In katholischen Familien war in der Fensterecke der Herrgottswinkel angebracht, von Heiligenbildern umgeben.

Vor dem elektrischen Licht bestand die Beleuchtung auch aus Kienspänen, als Talg- und Öllampen sowie aus Kerzen. Petroleumlampen verbreiteten sich erst gegen Ende des 19. Jahrhunderts und wurden auf dem Land erst spät vom elektrischen Licht abgelöst.

Auf dem mit Kohle oder Scheitholz geschürten Ofen brutzelten im Winter Äpfel auf der Ofenplatte, die einen feinen Duft in die Stube strömten.

Wie sich die Zeiten geändert haben! Damals gab es ja noch keine Zentralheizung. Wenn wir Kinder frühmorgens aufstanden, ging der erste Blick auf die Fenster, um die Eisblumen zu bewundern. Wenn es draußen bitter kalt war, offenbarte sich eine Wunderwelt am Fenster.

Eisblumen am Fenster! Welche Illusionen wurden in dem stillen Betrachter geweckt! Er unternahm eine Traumreise in eine ferne fremdländische Landschaft oder in einen längst versunkenen Urwald aus der Steinkohlenzeit. Die mit allerlei Formen und Mustern grauweiß überspielte kalte Glasfläche wurde für Minuten zu einem Märchenwald aus Tausendundeiner Nacht. Ein tropisches Bild mitten im Winter, von klirrendem Frost wie von einer künstlerischen Zauberhand auf die Fensterscheiben gemalt.

Als einziges Spielgerät für die Jungen gab es das Schaukelpferd, das Großvater selbst für die Kinder gebastelt hatte. Die Mädchen hatten damals schon ihre erste Puppenstube.
Die Dorfstraßen waren ja noch nicht geteert, auf denen vor allem die Buben spielten. Autos gab es ja noch nicht. Nur ab und zu fuhr mal ein Pferdefuhrwerk durch die Straßen oder ein Ochsengespann, nur ganz selten mal in der kalten Jahreszeit, ansonsten in der Zeit vom Frühjahr bis in den Herbst.
Was haben nun die Kinder damals gespielt, gesungen, gereimt und welche Kinderbräuche sind aus jenen Zeiten bekannt? Tagsüber bei Licht haben die Kinder viele Geschichten und Märchenbücher gelesen. „Max und Moritz" war jedem Kind bekannt.
Hunde und auch Katzen gab es fast in jedem Haus, nicht nur als Spielgefährten für die Kinder, sondern um auch die Mäuse und Ratten aus der Scheune zu jagen. Und versteckt irgendwo im Kleiderschrank oder sonst wo war das „Doktorbuch" der Eltern, das ja in jener Zeit für die Kinder noch „streng verboten" war. Doch waren die Eltern und Großeltern mal außer Haus, so fanden es die Kinder und „schnüffelten" darin.
Großeltern, Eltern, Kinder, Verwandte und Dienstboten bildeten früher auf dem Dorf die Hausgemeinschaft. Und manchmal waren es auch noch die Urgroßeltern, die zur Hausgemeinschaft gehörten. Sie lebten und arbeiteten als eine Großfamilie unter einem Dach und im Winter waren alle auch in der beheizten Stube in die verschiedenen Kinderspiele eingebunden.

Von den Kartoffelferien und Bucheckerferien – Vom Versteckspiel im Kornkasten

Im Spätsommer und im Herbst waren die Kinder auf dem Land oft in die Erntearbeiten eingebunden. Damals gab es sogar noch Kartoffelferien und Bucheckerferien. Bei der Roggenernte stellten die Mägde die Garben zu einem „Korekaschde" (Kornkasten) zusammen, zehn an der Zahl. In die Mitte wurde der „Bock" gesetzt, die stärkste Garbe, die die acht anderen drum herum zu stützen hatte. Mit kräftigen Handschlägen spreizten sie die Ähren der zehnten Garbe und stülpten sie als „Hut" darüber, um das „Koreheisje" (Kornhäuschen), wie es die Kinder nannten, zu schützen. Die Kornhäuschen waren für die Kinder ein beliebtes Spielhäuschen. Buben und Mädchen spielten dann zusammen „Korekaschde-Versteckelches" (Verstecken im Kornkasten). Und da haben dann auch so manche Buben und Mädchen miteinander im „Korekaschde" gekuschelt.

Im Herbst mussten die Buben bei der Kartoffelernte helfen. Sie hatten aber auch danach ihren Spaß daran, wenn sie nach der Ernte das welke Kraut verbrannten und darin Kartoffeln brutzelten. Die gebrutzelten Kartoffeln schmeckten uns Jungen sehr gut, nur musste man aufpassen, dass sie nicht zu heiß waren, sonst verbrannte man sich die „Schnuten", die nach dem Verschmausen der gebrutzelten Kartoffeln immer wie schwarz verbrannt aussahen. Und was haben wir in der Schule mit Kartoffeln gemacht? Wir schnitten sie mit dem Messer durch, bemalten die durchgeschnittenen Scheiben mit Farben und machten mit ihnen dann auf Blättern „Kartoffelstempel", die wir in Reihen zu Bildern aufmalten.

Und wie war das im Herbst mit den Bucheckern? Mit den Eltern zogen die Kinder in den Buchenwald und sammelten die reifen, abgefallenen Bucheckern. Diese wurden in Säcken zur Ölmühle gefahren und dort wurden die Buchecker ausgepresst und es entstand daraus wertvolles Öl. Bucheckernöl war in den Kriegszeiten und danach ein wertvolles Speiseöl für die Küche.

Vom Hagebuttensammeln und vom Nüssebengeln

Und wenn wir Kinder mit unseren Großeltern im frühen Herbst Hagebutten sammelten, dann sangen wir gemeinsam:

„Ein Männlein steht im Walde ganz still und stumm,
es hat von lauter Purpur ein Mäntlein um.
Sag, wer mag das Männlein sein,
das da steht im Wald allein,
trägt auf seinem Haupte schwarz Käppelein?
Das kann doch nur die Hagebutte sein."

Es war nicht der Fliegenpilz, der da von den Kindern besungen wurde, sondern die Hagebutten. Und daheim kochte dann Großmutter Hagebuttenmarmelade.

Und was machten die Jungen scherzhaft, wenn sie die Mädchen ärgern wollten? Sie entfernten aus den reifen Hagebutten die haarigen Kerne, im Volksmund „Arschkratzele" genannt und streuten sie hin und wieder den Mädchen hinten in den Rock hinein. Fielen diese dann in den Hintern, fingen sie dort an zu beißen, weshalb sie eben „Arschkratzele" hießen.

Für die Buben war es am schönsten, wenn sie im Herbst die Walnüsse vom Nussbaum holten. Mit langen Stangen „bengelten" (schlugen) sie die reifen Walnüsse vom Baum. Daheim wurden sie in der Sonne getrocknet. Sie waren für die Kinder eine feine Delikatesse. Ja, und auch beim Bengeln der Nüsse eilte der „Feldschitz" herbei und vertrieb die Buben mit einem „Bengel" (Stock): „Ich krieg euch, ihr Bengel!" (Unter einem „Bengel" verstand man auch einen frechen, ungehorsamen Knaben.)

Von Rommelboozen und vom Kirschenstranzen

Im Oktober wurden auch die „Rommele" (Runkelrüben) ausgemacht. Damals waren die Runkelrüben noch das wichtigste Viehfutter für den langen Winter. Auf jeder Dorfgemarkung gab es zahlreiche Rübenfelder. Nach der „Rommelernte" wurden dann am Abend von den Kindern die „Rommelbooze" gebastelt – oft auch zusammen in der Schule – die wie „Faasebooze" aussahen und mit den die Buben viel Schabernack trieben. (Anmerkung: Heute hat „Halloween" diesen alten Brauch übernommen).

Wenn im Juni die Kirschen reif waren, wurde in manchen Dörfern in der Pfalz – so auch in Altenkirchen – das „Kerschekäre-Weitspucken" gemacht. Die Jungen hatten sich tagelang darauf vorbereitet und übten immer wieder. Wer dann den „Kerschekäre" (Kirschkern – Kirschstein) am weistesten spuckte, hatte gewonnen. In der Schule wurde dann das Kirschen-Reigenlied gesungen:

„Rote Kirschen ess ich gern,
schwarze noch viel lieber.
In die Schule geh ich gern
alle Jahre wieder.
Platz gemacht! Platz gemacht!

Für die jungen Damen!
Sitzt ein Kuckuck auf dem Ast,
wurde von dem Regen nass.
Kommt der liebe Sonnenschein:
Diese, diese soll es sein!"

Spielanleitung dazu: Die Kinder fassen sich an den Händen und gehen singend im Kreis. Mädchen gehen entgegengesetzt im Kreis. Hier wird Platz gemacht für die jungen Damen! Trennt das Mädchen den Kreis, fasst einen Jungen an den Händen und tanzt mit ihm. Die Gruppe singt im Schlussreim den Namen des Jungen. Ist das Lied zu Ende, geht das Mädchen in den Kreis und wird es mit dem Jungen wiederholt. Nun singen dann die Kinder: „Hier wird Platz gemacht für die jungen Herren!" Das Spiel wird fortgesetzt, bis alle Kinder an der Reihe waren.

Und manchmal sangen die Kinder unterm Kirschbaum dieses Ringel-Liedchen dazu: „Ringel, Ringel, Rosen! Die Buben trag'n die Hosen, die Mädchen trag'n die Röckelchen – da fallen alle in die Eckelchen." Doch heutzutage gilt dieser Kinderreim ja nicht mehr, denn die Mädchen tragen ja auch Hosen.

Für die Jungen besonders anziehend waren die frühreifen Kirschen Ende Mai, die Maikirschen. Da waren die Buben gerade abends oft dabei, die reifen Maikirschen zu stranzen. Doch der Feldschütze passte besonders darauf auf, um die Buben beim Kirschenstranzen zu erwischen. Und manch einer der Buben fiel vom Ast, wenn er sich vorm Feldschitz noch retten wollte. Doch am anderen Morgen in der Schule kam der Feldschitz als Erster in die Klasse, um die „Frevler" beim Schullehrer anzuzeigen. Eine Strafarbeit wurde ihnen aufgebrummt.

Waren im Herbst die Äpfel reif, mussten die Jungen eifrig bei der Ernte mithelfen. Und am anderen Morgen im Schulunterricht, standen natürlich die Äpfel im Mittelpunkt: Und dieses Apfelliedchen wurde immer im Herbst von den Kindern gesungen.

„In einem kleinen Apfel,
da sieht es niedlich aus:
Es sind darin fünf Stübchen,
gleich wie in einem Haus.

In jedem Stübchen wohnen
zwei Bübchen schwarz und klein,
die liegen drin und träumen
vom lieben Sonnenschein.

Sie träumen auch noch weiter
gar einen schönen Traum,
wie sie einst werden hängen
am schönen Weihnachtsbaum."

Dazu muss man noch sagen, dass früher gerade die Äpfel als Schmuck am Christbaum nicht fehlen durften.

VOM DRACHENSTEIGEN – DER FELDSCHITZ UND DIE „BÖSEN" BUBEN

Nach der Schule wurden die Hausaufgaben gemacht, dann gingen die Buben hinaus in Feld und Wald, durchstreiften die Fluren und trieben manchmal auch eitel Schabernack. Viele Bauernkinder konnten leider nicht immer mitgehen, da sie schon in ihrer Kindheit in die Arbeiten auf dem Feld eingespannt waren. Im Herbst ließen natürlich die Kinder auf den Stoppelfeldern die selbstgebauten Drachen

steigen. Das war für die Kinder immer ein besonders schönes Naturerlebnis. Manchmal wurden sogar die Drachen im Unterricht in der Schule gebastelt und oft waren dabei Großväter anwesend, die beim Basteln halfen.
Oft waren die Jungen im Herbst auch im Wald und stiegen ungesehen auf die Hochsitze der Jäger, die das gar nicht gerne wollten und die Jungen immer wieder vertrieben.
Die Jungen spielten schon in jener Zeit am liebsten immer Fußball, da es oft noch gar keine Sportplätze gab, wurde den ganzen Winter über auf den flachen Wiesen Fußball gespielt. Die Jungen spielten mit einer „Quetsch". Das war ein kleiner Stoffball. Gummibälle kamen erst später. Lederbälle gab es noch nicht. Den Sommer über, wenn „die Wiesen zu waren", konnten die Jungen ja nur auf den Dorfstraßen spielen. Da gab es keinerlei Probleme, denn die Straßen waren ja noch nicht geteert und nicht gepflastert. Wenn ein Fuhrwerk unterwegs war, mussten die jungen Fußballer eine kleine Pause machen. Autos gab es ja noch nicht. Wenn es dann mal tüchtig regnete und die Straßen voller Wasserpfützen waren, kamen die Buben „schlammgebadet" heim. Und die Mütter sagten zu den Jungen: „Ihr seht wieder aus wie eine Dreckschipp!" Und was war das Erste, was die Eltern taten? Sie „streppten die Jungen ab vom Kopf bis zum Fuß". Man war also patschnass und musste „abgestreppt" werden: Kleider aus und trocken abgerieben!
Leider gingen am ersten April „die Wiesen zu". Dann durfte man die Wiesen nicht mehr betreten. Und doch spielten auch danach die Jungen noch am liebsten auf den Wiesen. Und dann erwischte sie hin und wieder der „Feldschitz". Er war dann fuchsteufelswild und vertrieb die Jungen mit seinem Stock von der Wiese.

Als die Kinder noch die Kartoffelfelder nach Kartoffelkäfern absuchten

Jetzt gehen wir mal zurück in die 1930er Jahre, als es für die Lehrer und ihre Schüler Pflicht war, in den Monaten Juni, Juli und August die Kartoffelfelder nach Kartoffelkäfer abzusuchen. Der 9. Juni 1938 zum Beispiel war ein denkwürdiger Tag in Hoof im Ostertal (Saarland). Da erscheint die erste Fundmeldung über den Kartoffelkäfer auf der Gemarkung Hoof. Es heißt in der Schulchronik in Hoof: „An dem außerordentlich bekannten Kartoffelkäfersuchtag beteiligte sich auch unsere Schule. Die Suchzeit war auf den Vormittag festgesetzt und dauerte von 7 bis 10 Uhr. Die ausgefallenen Stunden wurden am gleichen Tag nachmittags nachgeholt. Drei Schüler fanden den Käfer, der staunend betrachtet wurde." In dieser Zeit war es in allen Schulen Pflicht, die Kartoffelfelder nach Kartoffelkäfer abzusuchen. Die Schüler gingen in Reih und Glied nebeneinander die Furchen des Kartoffelackers ab, schauten genau auf und unter die Blätter, um den gefräßigen Schädling zu finden. Jedes Kind hatte eine kleine Dose in der Hand, worin die Käfer und ihre Larven gesammelt wurden. Waren die Kinder alle am Ende des Feldes angelangt, dann machte der Lehrer ein Feuer, übergoss es mit Öl, und die Käfer wurden verbrannt.

Mit dem folgenden Vers versuchten Schüler gelegentlich ihren Lehrer zu animieren, den Unterricht abzubrechen und ihnen freizugeben: „Der Himmel ist blau, das Wetter ist schön, Herr Lehrer, wir wollen spazieren gehn." Und bekannt ist auch heute noch dieser Schulreim: „Eins, zwei, drei, vier, fünf, sechs sieben! In der Schule wird geschrieben, in der Schule wird gelacht, bis der Lehrer bitschbatsch macht."

Als es noch viele Maikäfer gab

Viele Kinder kennen heute den Maikäfer nur noch von Bildern. Heute ist er bei uns fast verschwunden, ähnlich wie der Marienkäfer und der Johanniskäfer, das Glühwürmchen. In Großmutters Zeiten waren alle diese drei Käferarten noch massenweise vorhanden.
Allzu fern sind die Tage unserer Kindheit, als der Maikäfer an lauen Maiabenden in Massen die Gärten und Felder durchschwärmte und die Kinder die noch klammen und steifen Brummer am frühen Morgen von den Bäumen schüttelten. Damals galt er als Schädling. Ganze Schuhschachteln voll wurden von den Jungen gesammelt, und – welch grausames Spiel – den Hühnern als Delikatesse zum Fraß vorgeworfen. Wenn man heute noch einen findet, gilt er bei Kindern als Kostbarkeit – ähnlich wie der Junikäfer, der Brachkäfer.
„Jeder weiß, was so ein Maikäfer für ein Vogel sei“, dichtete Wilhelm Busch, der den Maikäfer in deutschen Liedern so populär machte.

„In den Bäumen hin und her
fliegt und kriecht und krabbelt er.
Auch in Onkels Fritzens Bette“,

in das die bösen Buben Max und Moritz die Käfer versteckten. Und dieses einst so bekannte Kinderlied ist heute fast vergessen:

„Maikäfer, flieg!
Dein Vater ist im Krieg,
deine Mutter ist in Pommerland,
Pommerland ist abgebrannt:
Maikäfer, flieg!“

GROẞVATER UND DER KUCKUCKSTAG DER KINDER

Wunderschöne Erinnerungen an unsere ferne Kindheit werden mit dem Ruf des Kuckucks verbunden. Der 15. April galt auf dem Lande als „Kuckuckstag“. Mit Großvater machten die Enkel einen Waldspaziergang, um den scheuen Waldvogel das erste Mal zu hören. Allerlei Aberglaube rankte sich um den ersten Ruf des Kuckucks. Hatte man kein Geld in der Hosentasche, so blieb man das ganze Jahr über pleite. Wir Kinder aber durften einen Glückspfennig in der Hosentasche tragen. Großvater glaubte daran, so viele Jahre noch zu leben, wie man den Kuckuck rufen hörte. Dabei schnitzte Großvater Schalmeien, Flöten aus Hasel- oder Weidenrinde, die jetzt wieder voll im Saft standen und sich leicht mit dem Taschenmesser abschälen ließen. Mit den Schalmeien ahmten die Kinder den Ruf des Kuckucks nach: „Kuck-kuck, Kuck-kuck …!“
Mit dem Lieblingsvogel der Kinder sind mehrere Kinderlieder verbunden:

„Kuckuck, Kuckuck, ruft’s aus dem Wald.
Lasset uns singen, tanzen und springen!
Frühling, Frühling wird es nun bald.

Kuckuck, Kuckuck, lässt nicht sein Schrei’n:
„Komm in die Felder, Wiesen und Wälder!
Frühling, Frühling, stell dich nun ein!“

Kuckuck, Kuckuck, trefflicher Held!
Was du gesungen, ist dir gelungen:
Winter, Winter, räumet das Feld!“

Oder dieses beliebte Kinderlied:
„Auf einem Baum ein Kuckuck saß:
Simsaladimbam – basaladusaladim,
auf einem Baum ein Kuckuck saß.

Da kam ein junger Jägersmann,
simsaladimbam – basaladusaladim,
da kam ein junger Jägersmann.

Der schoss den armen Kuckuck –
Simsaladimbam- basaladusaladim,
der schoss den armen Kuckuck tot.
Und als ein Jahr vergangen war –
Simsaladimbamba – saladusaladim –
Und als ein Jahr vergangen war.

Da war der Kuckuck wieder da –
Simsaladimbamba- saladusaladim –
da war der Kuckuck wieder da."

Oder dieses Kinderlied:
„Der Kuckuck und der Esel,
die hatten einen Streit,
wer wohl am besten sänge,
wer wohl am besten sänge,
zur schönen Maienzeit,
zur schönen Maienzeit.

Der Kuckuck sprach:
Das kann ich!
Und fing gleich an zu schrein.

Ich aber kann es besser,
ich aber kann es besser,
fiel gleich der Esel ein,
fiel gleich der Esel ein.

Das klang so schön und lieblich,
so schön von fern und nah,
sie sangen alle beide,
sie sangen alle beide:
„Kuckuck, kuckuck! I – ah,
Kuckuck, kuckuck! I – ah!"

DER STORCH ALS DER „KINDERBRINGER"

Im zeitigen Frühjahr warteten die Kinder immer ganz ungeduldig auf die Rückkehr der Störche. Damals gab es noch in jedem Dorf, das in einem Tal lag und von einem Bach durchströmt wurde, Störche, auf die nicht nur die Buben und Mädchen sehnsüchtig warteten. Dass der Storch früher als „Kinderbringer" oder auch als „Kinderfischer" liebe- und verheißungsvoll genannt wurde, hatte sich teilweise bis Anfang der 1920er Jahre im Volksmund und im Volksglauben des Dorfes vornehmlich bei den Kindern erhalten. Entweder wollten sie ein Brüderchen oder noch ein Schwesterchen in der Familie. Da war es überall im Dorf Brauch, am Abend Zuckersteine auf die Fensterbank zu legen. Waren am Morgen die Zuckersteine weg, war das ein gutes Anzeichen, dass es bald in der Familie noch Nachwuchs gab. Und so reimte dann das Kind, das noch ein Brüderchen oder ein Schwesterchen wollte:

„Storch, Storch, Guter!
Bring mir einen Bruder!
Storch, Storch, Bester!
Bring mir eine Schwester!“

Und wenn die Störche im Frühling gekommen waren, plapperten die Kinder das „Storchenliedchen“:

„Auf unsrer Wiese gehet was,
watet durch die Sümpfe.
Es hat ein schwarzweiß Röcklein an,
trägt auch rote Strümpfe,
fängt die Frösche schnapp, schnapp, schnapp,
klappert lustig klapperdiklapp.
Wer kann das erraten?

Ihr denkt, das ist der Klapperstorch,
watet durch die Sümpfe.
Er hat ein schwarzweiß Röcklein an,
trägt auch rote Strümpfe,
fängt die Frösche
schnapp, schnapp, schnapp,
klappert lustig, klapper-di-klapp.
Nein, es ist Frau Störchin!“

Als die Kinder noch „Klickerches“ und „Heppelches spielten

Was die Jungen und Mädchen früher so alles spielten? Vieles von damals ist längst vergessen. Die Buben spielten am liebsten auf der Straße „Kliggerches“, auch „Murmelches“ genannt. Die Murmeln wurden bei uns „Klicker" genannt. „Klicker" waren bei uns also kleine Kügelchen. Beim „Kliggerches" kam es vor allem auf eine sichere und feine Hand an. (Es war in gewisser Weise einem Kegelspiel ähnlich.) Ein großer „Kligger" wurde sachte über den Weg gerollt, der dann die aufgestellten Murmeln beiseiteschieben musste. Beim Murmelspiel wurde man nur selten gestört, denn Autos gab es im Dorf noch nicht. Nur ab und zu fuhren Pferdewagen durchs Dorf. Aber die haben wir ja schon von weitem durch Peitschenknallen gehört.

Die Mädchen spielten am liebsten „Heppelches" (Hüpfen). Es wurde auf dem Weg mit Kreide oder Rötel ein langgezogenes Muster aus Quadraten aufgemalt, der sogenannte „Heppelweg" (Hüpfweg). Im letzten Viereck am Ende des Quadratmusters lag irgendein Gegenstand, der dort aufgehoben werden musste. Das Mädchen durfte beim Hüpfen auf einem Bein, beim Vor- und Rückhüpfen die Kreidelinien nicht berühren. Natürlich durfte es auch nicht mit zwei Beinen auf den Boden kommen, dann schied es aus. Wer dies beim „Heppelspiel" dann bis zum Schluss schaffte, hatte gewonnen. Beim „Heppelspiel" wurden auch Versreime gesungen:

„Wer hüpft gut auf einem Bein?
Der so heppelt wie's Häselein!"

Der Feldhase war natürlich das Lieblingstier der Kinder, brachte er ihnen doch die Ostereier. Wenn es dann nachts stark regnete, mussten die Mädchen am anderen Morgen ihre „Heppelheisje" (Hüpfhäuschen) neu aufmalen. Seltsam, dass Buben und Mädchen damals nur selten zusammen spielten!

Vom Eierwerfen der Buben

Bei den Jungen sehr beliebt war das „Eierwerfen“ am Ostermontag. Die Buben trafen sich vor einem Bauernhaus und warfen hart gekochte Ostereier über das Hausdach. Nur die besten Werfer schafften dies. Das „Eierwerfen übers Dach“ symbolisiert wohl, dass das Haus im Sommer über vor Blitzschlag bewahrt werde. Es gab auch ein anderes „Eierwerfen“. Auf der Wiese trafen wir uns und warfen das Osterei hoch in die Luft. Wessen Ei beim Aufprall auf das Feld nicht zerbrach, wurde Sieger. Er musste dabei schon viel Glück haben, denn das Ei musste mit der Luftblase nach unten auf die Erde fallen. Dann zerbrach es nicht. Übrigens durften beim Spiel nur Ostereier verwendet werden, die ein Ostergeschenk der Patentante („Goth“) waren.
Aufpassen mussten die Jungen schon beim Eierwerfen auf der Wiese, denn diese waren ja schon seit dem 1. April „zu“ und die Buben passten auf, dass der „Feldschitz“ nicht vorbeikam.

Die „Klepperbuben“ waren an Ostern unterwegs

Vom Gründonnerstag an läuteten bei uns im Dorf die Kirchenglocken nicht mehr, "sie waren in Rom“ und kehrten erst am Ostersonntag zurück. So mussten die Bewohner auf andere Weise vom Beginn des Gottesdienstes in Kenntnis gesetzt werden. Dies besorgten die „Klepperbuben“. Mit Holzklappern liefen sie durchs Dorf und riefen: „Es erste Mal, es zweite Mal, es dritte Mal! Wer in die Kirche geht, der muss laufen.“ Wenn das Kleppern am Ostersamstag

zu Ende war, gingen die Klepperbuben von Haus zu Haus, sammelten Eier und Geld und verteilten die Gaben unter sich.
Es gab an Ostern noch einen anderen „Eierbrauch", das sogenannte „Eierlaufen". Dies wurde in der Regel auf dem Schulhof ausgetragen. Jungen und Mädchen nahmen daran teil. Es stellten sich sieben Jungen oder Mädchen am Anfang des Schulhofes auf, wobei jeder auf einem normalen Esslöffel ein Osterei trug. Dann ging das Eierlaufen los. Wer als Erster am Ziel eintraf und sein Ei auf dem Löffel nicht verloren hatte, wurde Sieger. Das Eierlaufen konnte auch noch durch ein „Stelzenlaufen" mit Eiern erweitert werden. Dann liefen alle Jungen oder Mädchen auf selbst gebastelten Stelzen über den Schulhof, ein Osterei auf dem Esslöffel. Wer als erster Stelzenläufer ankam und sein Ei auf dem Löffel nicht verloren hatte, wurde Sieger.

Die Klepperbuben waren an Ostern unterwegs:
Die Kinder durften sich die ungeduldige Vorfreude auf Ostern damit verkürzen, im Wald das Moos für das Osternest zu holen. Die Buben im Dorf hatten ihre eigene Aufgabe. Sie mussten mit ihren Rätschen und Klappern (Kleppern) die Glocken ersetzen, die ja ab Gründonnerstag nicht mehr läuten. Die Gläubigen müssen daher auf andere Weise vom Beginn des Gottesdienstes in Kenntnis gesetzt werden. Dies besorgten im Dorf die „Klepperbuben". Mit Holzklappern laufen sie durchs Dorf und rufen: „Wer jetzt in die Kirche geht, der muss jetzt laufen". Wenn dann das Kleppern am Ostersamstag zu Ende war, gingen die Klepperbuben von Haus zu Haus, sammeln Eier und Geld ein und verteilen die Gaben unter sich. Dann kleppern sie noch einmal am Ostersonntag morgens in der Frühe und rufen dazu im Sprechchor: „Auf – auf – zum heiligen Grab!"
Hasen sieht man im Frühjahr als erste Tiere wieder in Feld und Flur. Sie bekommen als erste Junge und gehören zu den fruchtbarsten Tieren. Das machte sie zum Sinnbild der Fruchtbarkeit. Der Brauch,

dass der Hase die Ostereier bringt, kommt aus dem Bürgertum. Auf dem Land wurde er um 1900 übernommen.
Manchen Kindern versteckt der Hase die Eier unter Büschen, hinter Zäunen und in anderen Winkeln, anderen legt er sie in das moosgepolsterte Körbchen, das sie am Vortag gerichtet haben, und verbirgt dieses an einem versteckten Platz im Garten oder im Haus. Auf jeden Fall gehört der Besuch der Kinder bei ihren Paten zum Osterbrauch. Sie erhalten vom Paten bunte Ostereier, früher immer so viel vom Paten oder von der Patin, wie das Alter der Patenkinder ist.

Verschiedene Eierspiele an Ostern

Es gab verschiedene Eierspiele der Kinder an Ostern. So gab es zum Beispiel das Eierrollen. Die Kinder stellten sich an einem Wiesenhang auf. Auf das Startzeichen eines Spielers lassen alle ein Ei den Abhang hinabrollen. Der, dessen Ei am weitesten gerollt ist, darf die Eier der anderen Spieler behalten.
Es gab auch das Eierkullern. In den Sand oder in die lockere Erde machen sich die Kinder eine flache Mulde. Ein Kind behält sein Ei zurück, alle anderen legen das ihre in die Mulde. Der Spieler, der das zurückbehaltene Ei hat, rollt dies aus einer bestimmten Entfernung in die Mulde. Trifft er auf ein Ei, darf er dies behalten.
Auch das Eierwerfen ist noch bekannt. Auf einer Wiese oder einer sandigen Spielfläche wird ein Kreis von etwa einem Meter Durchmesser markiert. Die Abwurflinie ist etwa 2 bis 3 Meter davon entfernt. Jedes Kind versucht, von dieser Linie aus ein Ei in den Kreis zu werfen. Es sollte so vorsichtig geworfen werden, dass das Ei ganz bleibt. Wer sein Ei unbeschadet in den Kreis trifft, bekommt als

Preis alle außerhalb des Kreises liegenden Eier. Auch das eigene Ei darf zurückgenommen werden.
Und dazu passt das uralte Kinderliedchen:

> „Häschen in der Grube saß und schlief, saß und schlief. Armes Häschen, bist du krank, dass du nicht mehr hüpfen kannst? Häschen hüpf! Häschen hüpf! Häschen hüpf!“

Beim „Heppelches“ („Heppelspiel“) der Mädchen wurde auch ein Versreime gesungen:

> „Wer hüpft gut auf einem Bein?
> Der so heppelt wie's Häselein!“

Der Feldhase war natürlich das Lieblingstier der Kinder, brachte er ihnen doch die Ostereier. Wenn es dann nachts stark regnete, mussten die Mädchen am anderen Morgen das „Heppelheisje“ (Hüpfhäuschen) neu aufmalen. Seltsam, dass Buben und Mädchen damals nur selten zusammen spielten!
Es gab noch ein anderes „Eierwerfen“. Auf der Wiese trafen sich die Buben und warfen das Osterei hoch in die Luft. Wessen Ei beim Aufprall auf das Feld nicht zerbrach, wurde Sieger. Er musste dabei schon viel Glück haben, denn das Ei musste mit der Luftblase nach unten auf die Erde fallen. Dann zerbrach es nicht. Übrigens durften beim Spiel nur Ostereier verwendet werden, die ein Ostergeschenk der Patentante („Goth“) waren.

Das Märchen vom Hasen und vom Igel

An einem Sonntagmorgen, gerade als die Sonne goldig am Himmel aufgegangen war und die Lerchen in der Luft sangen, war auch der Igel vergnügt und munter und stand vor seiner Tür. Mit beiden Armen übereinandergeschlagen guckte er in den Morgenwind hinaus

und trällerte ein Liedchen vor sich hin. Plötzlich fiel ihm ein, er könne doch gerade heute an Ostern mal ein bisschen im Feld spazieren gehen und sich umsehen, um vielleicht noch einen Osterhasen bei seiner Arbeit zu sehen. Also machte er sich auf den Weg ins Feld. Noch nicht weit vom Hause entfernt, begegnete dem Igel auf einmal ein Hase. Als der Igel den Hasen sah, bot er ihm einen freundlichen Guten Morgen, doch der Hase, vornehm wie er war erwiderte den Gruß nicht sondern sagte nur: „Wie kommt es denn, dass du schon in so früher Morgenstunde im Felde herumläufst?“ „Ich gehe spazieren“, sagte der Igel. „Spazieren?“ lachte der Hase, „ich habe den Anschein, du könntest deine Beine auch wohl zu besseren Dingen gebrauchen.“ Diese Antwort verärgerte den Igel über alle Maße. „Du bildest dir wohl ein, dass du mit deinen Beinen mehr ausrichten kannst?“ sagte der Igel. „Das denke ich“, sagte der Hase. „Nun es käme auf einen Versuch an“, meinte der Igel.
„Ich wette, wenn wir wettlaufen, so laufe ich dir davon“. „Das ist zum Lachen, du mit deinen schiefen Beinen!“ sagte der Hase, „aber meinetwegen, wenn du so übergroße Lust hast. Um was wetten wir?“ „Einen goldenen Taler und eine Flasche Schnaps“, sagte der Igel, der was im Schilde führte. „Angenommen“, sprach der Hase. Dann kann es gleich losgehen.“ „Nein, so große Eile hat es nicht“, meinte der Igel. „Ich bin noch ganz nüchtern, ich muss zu Hause noch frühstücken. In einer halben Stunde bin ich wieder auf dem Platze.“ Der Hase willigte ein und daraufhin ging der Igel. Unterwegs dachte sich der Igel: „Der Hase verlässt sich auf seine langen Beine, aber ich werde ihn schon kriegen. Er denkt ein vornehmer Herr zu sein, weil er den Kindern die Ostereier gestern brachte. Er ist aber doch ein dummer Kerl und dafür wird er bezahlen.“
Als der Igel zu Hause ankam, sagte er zu seiner Frau: „Zieh dich eilig an, du musst mit mir ins Feld hinaus!“ „Was gibt es denn?“ fragte seine Frau. „Ich habe mit dem Hasen um einen goldenen Taler und

eine Flasche Schnaps gewettet. Ich will mit ihm um die Wette laufen und du sollst mit dabei sein." „Oh, mein Gott!" schrie dem Igel seine Frau. Hast du den Verstand verloren. Wie kannst du mit dem Hasen um die Wette laufen wollen?" „Sei leise, das ist meine Sache und misch dich nicht in Männergeschäfte ein", sagte der Igel. „Marsch! Zieh dich an und dann komm mit!"

Daraufhin folgte die Igelfrau ihrem Mann, ob sie nun mochte oder nicht. Als sie beide nun miteinander unterwegs waren, sprach der Igel zu seiner Frau: „Nun pass gut auf, was ich dir sagen werde! Dort hinten auf dem langen Acker wollen wir unseren Wettlauf machen. Der Hase läuft nämlich in der einen Furche und ich in der anderen Furche und von oben fangen wir an zu laufen. Du hast nun weiter nichts zu tun, als dich hier unten in die Furche zu setzen und wenn der Hase auf der anderen Seite ankommt, so rufst du ihm entgegen: „Ich bin schon da!" Als sie beim Acker angelangt waren, wies der Igel seiner Frau ihren Platz zu und ging den Acker hinauf. Als er oben ankam, war der Hase schon da. „Kann es losgehen?" fragte der Hase. „Jawohl", erwiderte der Igel.

Dann stellte sich jeder in seine Furche und der Hase zählte: „Eins, zwei, drei!" und los lief der Hase wie ein Sturmwind den Acker hinunter. Der Igel aber lief ungefähr nur drei Schritte, dann duckte er sich in die Furche nieder und blieb ruhig sitzen. Als der Hase endlich im vollen Laufe unten ankam, rief die Igel-Frau nur zu: „Ich bin schon da!" Der Hase stutzte und wunderte sich nicht wenig, als ihm die Igel-Dame zurief, die ja vom Hasen vom Igel-Mann nicht zu unterscheiden war: „Das geht nicht mit rechten Dingen zu, es wird noch einmal gelaufen", rief der Hase und fort rannte er wieder wie ein Sturmwind, sodass ihm die Ohren am Kopf flogen. Dem Igel seine Frau aber blieb ruhig auf ihrem Platz sitzen.

Als der Hase wieder oben ankam, rief ihm der Igel entgegen: „Ich bin schon da!" Der Hase aber, ganz außer sich Wut, schrie: „Es wird noch mal gelaufen." „Mir ist es recht, meinetwegen so oft, wie du Lust hast", antwortete der Igel. So lief der Hase hundertmal und der Igel hielt es immer wieder mit ihm aus. Jedes Mal, wenn der Hase unten oder oben ankam, sagte der Igel oder seine Frau: „Ich bin schon da!" Beim hundertsten Male aber schaffte der Hase nicht mehr das Ende. Mitten auf dem Acker stürzte er zu Boden, während ihm Blut aus dem Hals floss und er tot auf dem Platze liegen blieb. Der Igel aber nahm seinen gewonnenen Taler und die Flasche Branntwein, rief seine Frau aus der Furche und beide gingen vergnügt nach Hause.

Erste Frühlings-Kinderlieder

Alle Vögel sind schon da,
alle Vögel, alle!
Welch ein Singen, Musiziern,
Pfeifen, Zwitschern, Tiriliern!
Frühling will nun einmarschiern,
kommt mit Sang und Schalle.

Wie sie alle lustig sind,
flink und froh sich regen,
Amsel, Drossel, Fink und Star
und die ganze Vogelschar
wünschen uns ein frohes Jahr,
lauter Heil und Segen.

Was sie uns verkünden nun,
nehmen wir zu Herzen:

Wir auch wollen lustig sein,
lustig wie die Vögelein
hier und dort, feldaus, feldein,
singen, springen, scherzen.

Wenn ich ein Vöglein wär
und auch zwei Flügel hätt,
flög ich zu dir;
weil's aber nicht kann sein,
weil's aber nicht kann sein,
bleib ich allhier.
Bin ich gleich weit von dir,
bin ich doch im Traum bei dir
und red mit dir;
wenn ich erwachen tu,
bin ich allein.

Es vergeht kein' Stund' in der Nacht,
da nicht mein Herz erwacht
und an dich denkt,
dass du mir vieltausendmal,
dein Herze geschenkt.

Ein Vogel wollte Hochzeit halten in dem grünen Walde.
Fi-di-ral-la-la, fi-di-ral-la-la, fi-di- ral- la- la – la la.

Die Drossel war der Bräutigam,
die Amsel war die Braute …

Die Lerche, die Lerche,
die führt die Braut zur Kerche …

Der Auerhahn, der Auerhahn,
der war der Küster und Kaplan …

Die Meise, die Meise,
die sang das Kyrieleise …

Die Gänse, die Anten,
das war'n die Musikanten …

Der Pfau mit seinem bunten Schwanz
macht mit der Braut den ersten Tanz …

Brautmutter war die Eule,
nahm Abschied mit Geheule …

Komm lieber Mai und mache die Bäume wieder grün,
und lass mir an dem Bache die kleinen Veilchen blühn!
Wie möchte ich doch so gerne ein Veilchen wieder sehn,
ach, lieber Mai, wie gerne einmal spazieren gehen.

Nun will der Lenz uns grüßen,
von Mittag weht es lau;
aus allen Wiesen sprießen
die Blumen rot und blau.
Draus wob die braune Heide
sich ein Gewand gar fein

und lädt im Festtagskleide
zum Maientanze ein.

Kuckuck, Kuckuck, ruft's aus dem Wald!
Lasset uns singen, tanzen und springen!
Frühling, Frühling, wird es nun bald!

Der Winter ist vergangen,
ich seh' des Maien Schein,
ich seh' die Blümlein prangen,
des ist mein Herz erfreut!
So fern in jenem Tale,
da ist gar lustig sein,
da singt Frau Nachtigalle
und manch Waldvögelein.

Viel Schabernack in der Hexennacht

Wenn im Dorf am Abend vor dem 1. Mai alle Gerätschaften um das Haus herum weggeräumt werden, damit die Dorfjugend nachts keinen Schabernack mit ihnen treibt oder sie auch ganz woanders versteckt, so liegen die Ursprünge weit zurück. Aber auch hier können wir heute nicht mehr mit Gewissheit feststellen, wo genau die Wurzeln dieses Brauches liegen. Mehrere Erklärungen sind möglich. Zum einen erzählt die Sage von den Hexen – deswegen heißt die Nacht auch Hexennacht – die in dieser Nacht auf Besen, Ofengabeln und Ziegenböcken zum Blocksberg im Harz reiten, um dort den

Teufel zu treffen. Man nimmt an, dass die Ursprünge zu dieser Sage im Beginn der Christianisierung liegen, ein Frühlingsfest war.
Ursprünglich vermummten sich die Dorfbuben, um unerkannt zu bleiben. Im Volksglauben wurden aus diesen oft schaurig verkleideten Gestalten Hexen.
Nicht nur Dorfbuben waren in der Hexennacht unterwegs, sondern auch junge Männer auf Freiersfüßen. In dieser Nacht waren die Dorfbuben überall unterwegs, der Dorfjugend wurde reichlich Gelegenheit geboten, sich übermütig auszulassen. Türen werden ausgehängt, Pflüge, ja selbst ganze Kleinwagen auf die Dächer gesetzt, Puppen in den Hausflur gestellt und ähnlicher Hexensabbat getrieben. Was früher sehr gerne getan wurde, war das Verstecken der Handkarren, die manchmal sogar am Ende des Dorfes abgestellt wurden. Oder manche Buben sammelten Baldrianwurzeln, deren Geruch ja Katzen anlockt. Sie legten eine Menge frische Baldrianwurzeln direkt vor die Haustür, um die Katzen der Umgebung hierher zu locken. In diesem Haus wohnte ein Mann, den die Buben nicht leiden konnten, weil er sie immer wieder beim Spielen auf der Straße vor seinem Hause fortjagte. Nun passierte folgendes: Der starke Geruch der Baldrianwurzeln lockte alle Katzen der Umgebung an und machten nun auf der Türschwelle des Hauses einen Heiden-Katzenlärm. Es gibt auch heute noch Dörfer im Saarland, wo die Burschen ihren Liebsten in der Walpurgisnacht Maibäume vor deren Häusern errichteten. In einigen Orten schmücken die Dorfburschen noch heute die Dorfbrunnen mit Birkenreisern.

Die Jungen spielten gern „Messerches“

Bei den Jungen im Dorf war auch „Messerches“ („Messerspiel“) sehr beliebt. Davon rieten uns aber die Eltern immer wieder ab, weil sie wohl Angst hatten, wir könnten uns beim Spiel mit dem Messer verletzen. Spielen konnten dieses Spiel nur die Buben, die im Erdkundeunterricht in der achten Klasse schon die Europakarte kennengelernt hatten. In nehme heute an, dass das nur in der Kriegszeit aus einem bestimmten Grund gespielt wurde. Auf einem Weg wurde mit Kreide grob das Muster des Erdteils aufgemalt, eingeteilt in mehrere Flächen. In der Mitte des Erdteils war natürlich Deutschland eingezeichnet. Und von da aus wurde das Messerspiel gestartet. Jeder Bube warf sein Taschenmesser von „Deutschland“ aus in die Nachbarländer. Blieb sein Messer stecken, dann durfte er sich vom Stechplatz aus das darum gelegene Land zuordnen. Wer am Schluss das größte Gebiet besaß, war dann Sieger. In etwas abgewandelter Form spielte man daheim auch „Stadt-Land-Fluss“.
Kinderspielzeug gab es damals so gut wie noch nicht. Ich hatte ein Schaukelpferd aus Holz, das mein Vater selbst angefertigt hatte, und das benutzte ich die ganze Kindheit über. Dafür aber gab es in jeder Familie ein dickes Märchenbuch und ein Kinderliederbuch.

Vor dem Schlafengehen wurden Märchen vorgelesen und Märchenlieder gesungen

Jeden Abend vor dem Schlafengehen sang die Mutter ein Schlafliedchen. Vorher wurde ein Märchen vorgelesen. Am liebsten hörten die Kinder wohl die Märchen von „Hänsel und Gretel“ und vom „Dornröschen“. Es war ein märchenhaftes Kinderlied, das auch als

Kreisspiel sehr beliebt war. Es erzählt von Dornröschen, der Prinzessin, die durch den Fluch der Fee hundert Jahre schlief und letztlich vom Prinzen wachgeküsst wurde, frei nach dem Märchen der Gebrüder Grimm. Kinder spielten dieses Kreisspiel sehr gerne. Hier nun der Liedtext von Dornröschen:

> „Dornröschen war ein schönes Kind, schönes Kind, schönes Kind.
> Dornröschen war ein schönes Kind, schönes Kind.
> Dornröschen, nimm dich ja in Acht! Ja in acht! Ja in Acht!
> Dornröschen, nimm dich ja in Acht! Ja in Acht!
> Da kam die böse Fee herein, Fee herein, Fee herein.
> Da kam die böse Fee herein, Fee herein."
> Dornröschen, du sollst sterben, sterben, sterben!
> Dornröschen, du sollst sterben, sterben.
> Da kam die gute Fee herein, Fee herin, Fee herein!
> Da kam die gute Fee herein, Fee herein!
> Dornröschen, schlafe hundert Jahr! Hundert Jahr! Hundert Jahr!
> Dornröschen, schlafe hundert Jahr! Hundert Jahr!
> Da wuchs die Hecke riesengroß, riesengroß, riesengroß.
> Da wuchs die Hecke riesengroß, riesengroß.
> Da kam ein junger Königssohn, Königsohn, Königssohn.
> Da kam ein junger Königssohn, Königssohn.
> Dornröschen wache wieder auf, wieder auf, wieder auf!
> Dornröschen wache wieder auf, wieder auf!
> Da feierten sie ein Hochzeitsfest, Hochzeitsfest, Hochzeitsfest!
> Da feierten sie ein Hochzeitsfest, Hochzeitsfest.
> Da jubelte das ganze Volk, ganze Volk, ganze Volk.
> Da jubelte das ganze Volk, ganze Volk.

Verteilt sind folgende Rollen unter den Mitspielern: Dornröschen, böse Fee, gute Fee, 2 Kinder als Hecke, Königssohn und Volk. Während das Lied gesungen wird, agieren die Spieler ihre jeweiligen Rollen und spielen den Inhalt des Liedes.

Wenn Die Mutter das Märchen vom „Hänsel und Gretel" vorgelesen hatte, wurde danach natürlich das Lied vom „Hänsel und Gretel" gesungen:

> „Hänsel und Gretel verirrten sich im Wald. Es war so finster und auch so bitterkalt. Sie kamen an ein Häuschen von Pfefferkuchen fein. Wer mag der Besitzer von diesem Häuschen sein?
> Hu, hu, da schaut eine alte Hexe raus. Sie lockt die Kinder ins Pfefferkuchenhaus. Sie stellte sich gar freundlich, o Hänsel, welche Not! Sie will dich braten im Ofen braun wie Brot. Doch als die Hexe zum Ofen schaut hinein, ward sie geschoben von Hans und Gretelein. Die Hexe musste braten, die Kinder geh'n nach Haus: Nun ist das Märchen von Hans und Gretel aus."

Die Mädchen spielten gerne „Malches", „Trellerches" und Seifenblasen

Besonders in der großen Pause auf dem Schulhof spielten die Mädchen gerne „Malches". Mit Kreide wurden Kreise auf den Hof gemalt. Wer die schönsten Kreise malte, hatte gewonnen. Ein Klassenjunge war der „Schiedsrichter". Er entschied, welches Mädchen gewonnen hatte. Natürlich ging das nicht immer ganz ehrlich zu, denn oft wohl hat der Junge den Kreis auserwählt, den seine „Schulliebe“ gemalt hatte.

Auf Dorffesten, so auch immer an der Kirmes, wurden Wettbewerbe im „Sackhüpfen“, „Stelzenlaufen“ und im „Eierlaufen“ ausgetragen. Beim „Eierlaufen“ trug jedes Kind auf einem Löffel ein rohes Ei in der Hand. Wer dann am Ziel mit dem Ei heil ankam, war Sieger. Beim „Sackhüpfen“ wurde das Kind in einen Kartoffelsack gesteckt. Dann wurde um die Wette gehüpft. Das war nicht leicht, viele Kinder „verhüpften“ sich und fielen um. Bei den Jungen sehr beliebt war das „Stelzenlaufen“. Die „Stelzen“ waren aus einem harten Holz geschnitzt. Sie bestanden aus einem langen Stab, unten war ein „Trittbrett“ angebracht. Mit beiden Händen nahm man den Stab oben in beide Hände und dann ging es los. So mancher ist dann beim „Stelzen“ unterwegs umgefallen.

Im Frühjahr bei Knaben und Mädchen sehr beliebt war das „Trellerches“ oder „Trellers“ (Trillern), auch „Toppches“ oder „Kreiselches“ (Kreisel) genannt. Dazu brauchte man einen „Danzknopp“ (Tanzknopf), einen „Treller“ (Triller). Ein Triller („Danzknopp“) wurde mit drehendem Schwung auf die Erde geworfen, er fing an zu tanzen und drehte sich schnell im Kreise. Welcher Triller am längsten tanzte, der war Sieger. Nur die Mädchen spielten auf der Wiese das „Margeritenspiel“. Die Margerite war ihre Lieblingsblume. Sie zupften nacheinander die Blütenblätter ab und sprachen dabei: „Er liebt mich, er liebt mich nicht.“ Oder sie weiteten das Orakelspiel aus und sprachen: „Er liebt mich, ein wenig oder gar nicht.“ So entschied dann das letzte Blütenblatt über den heimlich Verehrten.

Im Mai und Juni war bei den Kindern das „Pusteblumenspiel“ beliebt. Auf der Löwenzahnwiese pusteten sie mit aufgeblasenen Backen die kleinen, weißen Schirmchen in die Luft. Wessen Schirmchen am weitesten flog, hatte gewonnen.

Am Abend spielte man auch gerne Seifenblasen. Da saßen die Kinder abends in der angenehm lauen Luft auf den Vortreppen und Balkonen, ein Glas mit Seifenlauge und bunte Strohhalme in der Hand. Sie pusteten, die kleinen „Zauberer". Denn dann entströmten die Seifenblasen dem Strohhalm: lustig flimmernde, hauchzarte kleine „Luftballons".
Der leichte Frühlingswind trug sie leise fort, schaukelte sie ein wenig hin und her und bald zerplatzten die hauchdünnen Bläschen, in denen sich die untergehende Sonne in den Regenbogenfarben spiegelte. Sie zerplatzten wie Träume in hundert kleinste Spritzer. Jähe Zerstörung der Freude, kurze Enttäuschung bei den Kleinen.
Für sie waren die Seifenblasen niedliche „Fensterchen" oder Spiegel, zierliche, farbige „Weihnachtskügelchen", aus denen ihnen ein fröhliches Kindergesicht entgegenlachte.
Die goldgelbe Pracht des Löwenzahns war verblüht, die kleinen Sonnen waren verglüht. Jetzt glimmte ihr Licht in silbernen Laternchen, doch bald waren auch die letzten Lämpchen ausgeglüht. Über die junge Sommerwiese schwebten kleine Fallschirmchen, von einem leichten Sommerwind im Spiel verweht. Spielende Kinder suchten die Lichtlein auf der Wiese und pusteten sie mit dicken Backen freudestrahlend aus. Sie schauen den fliegenden Schirmchen nach, dem wogendem weißem Flaum, der langsam in der Ferne verschwand.

Die Mädchen spielten gerne „Blinde Kuh", die Buben „Räuber und Schandarm"

Die Mädchen spielten vor allem Geschicklichkeitsspiele wie „Ballches" und vor allen Dingen die Reigen. Beim „Ballches" warfen die

Mädchen einen Ball gegen die Hauswand. Den abprallenden Ball musste ein anderes Mädchen auffangen. Dabei musste es recht schnell an der Wand sein. So wurde dabei gesungen: „Eins, zwei, drei – wer hat den Ball? Wer am besten laufen kann!"
Beim Reigenspiel sangen die tanzenden Mädchen:

„Machet auf das Tor,
machet auf das Tor!
Es kommt ein goldner Wagen.
Wer sitzt darin, wer sitzt darin?
Ein Mann mit langen Haaren.
Was will er denn, was will er denn?
Er will die Schönste haben."

Beliebt waren auch „Blinde Kuh" und „Versteckelches". „Versteckelches" wurde gerne während der Pause auf dem Schulhof gespielt. Die Jungen und Mädchen versteckten sich irgendwo hinter dem Schulhaus. Einer unter ihnen stand unterdessen mit dem Gesicht an der Hauswand, musste die Augen schließen und zählte laut bis sieben: „Eins, zwei, drei, vier, fünf, sechs, sieben!" Jetzt mussten die Kinder in ihren Verstecken gesucht werden. Nach dem Versteckspiel wurde dann in der Schule „Quatsch" gemacht: „Eins, zwei, drei, vier, fünf, sechs, sieben. In der Schule wird geschrieben, in der Schule wird gelacht, bis der Lehrer bitsch-batsch macht."
Im Winter, wenn es geschneit hatte, bauten die Kinder auf dem Schulhof ihren Schneemann. Wer den schönsten Schneemann baute – mit Kohlrübennase und roten Apfelaugen – brauchte für den anderen Tag keine Hausaufgaben zu machen. Aber Schneeballwerfen war auf dem Schulhof während der Pause strikt verboten.
„Blinde Kuh" wurde zumeist im Haus gespielt. Das Mädchen musste sich die Augen mit einem Tuch zubinden, damit es „blind" war. Bruder oder Schwester oder nahe Verwandte hatten sich irgendwo versteckt, hinter dem Küchenschrank, unter dem Sofa, im Besen-

schrank oder im Kleiderschrank. Das Mädchen suchte und suchte, währenddessen ihre Mutter sprach: „es ist ganz kalt, es ist warm, es ist ganz warm, es ist heiß, es ist ganz heiß." „Ganz kalt" bedeutete, dass es von seinem versteckten Bruder noch weit weg war; „ganz heiß" bedeutete dann, dass es wohl ganz dicht am Versteck war.
Ähnlich ging es be im „Verstoppelches". Irgendein Gegenstand wurde versteckt, der gesucht werden musste. „Verstoppelches" kommt von „verstopfen", also etwas gut verstecken. Auch hier wurde dann auf der Suche gesprochen: „Es ist ganz kalt, es ist kalt, es ist warm, es ist ganz warm, es ist heiß."
Beliebt bei Buben und Mädchen war auch das „Nohläfches" (Nachlaufen). Auf ein Startkommando liefen die Kinder schnell weg, und ein anderes musste sie dann einholen und „fangen". Deshalb wurde das Spiel auch „Fangches" genannt.
Allein die Jungen spielten im Dorf „Räuber und Schandarm". Einer unter den Buben war der „Schandarm" (Gendarm), die anderen waren die „Räuber". Die „Räuber" versteckten sich im ganzen Dorf, der „Schandarm" musste sie suchen. Unterwegs fragte der „Schandarm" immer wieder die Leute: „Wisst Ihr, wo sich hier Räuber versteckt haben?" Hin und wieder erhielt er einen Tipp. Es kam aber auch vor, dass der „Schandarm" die „Räuber" nicht fand.
Am schönsten aber war es für die Jungen, wenn sie im Winter Schlitten fahren konnte. Im Dorf gab es in der Regel einen richtigen „Schlittenweg". Es war die steil abführende Dorfstraße vom „Obereck" hinunter in den „Untereck". Autos gab es ja noch nicht, und wenn ein Fuhrwerk nahte, wurde ja laut mit der Peitsche geknallt. Damals hatten die Jungen nur „Kastenschlitten". Das waren alte Holzkisten, die unten zwei Kufen hatten. Da wurde dann im „Bauchpanzer" schnell wie der Blitz die Straße hinunter gefahren. Eislaufen konnten damals die Buben noch nicht, denn Schlittschuhe gab es damals in den Dörfern in der Regel noch nicht.

Wenn ein Kindchen traurig war, nahm es die Mutter auf ihren Schoß und sang dazu:

„Hoppe, hoppe, Reiter!
Wenn er fällt, dann schreit er.
Fällt er en de Grabe,
fresse ihn die Rabe.
Fällt er in den Sumpf,
macht der Reiter plumps!“

Ein anderes Versliedchen war am Abend sehr beliebt, wenn der Vater mal wieder ins Wirtshaus ging:

„Off de Heh, wachst de Klee,
Futter fier mei Geilche.
Wenn de Vadder ens Wertshaus geht,
macht die Modder e Meilche.
Wenn er aber Kaffee trinkt, hopst die Modder wie e Distelfink.“

Alte Schlaflieder, die die Mutter sang

Wenn ein kleines Kind kränklich war, legte es die Mutter ins Bett, streichelte es sanft an der Schläfe und sang dazu:

„Heile, heile, Gänzche;
Die Katz, die hat e Schwänzche;
Heile, heile, Mausespeck;
In hundert Jahr es alles weg.“

Hatte ein Kind dazu noch Bauchweh, dann streichelte die Mutter es über den Bauch und sagte: „Mache ein Bäuerchen!“ Und siehe da, das Bauchweh ging weg!

Den ungehorsamen Buben drohte man: „Pass off, de ewig Judd kommt und steckt dich en de Sack! Oder man sagte zu ihm: „Der schwarze Mann kommt und holt dich mit!“ Oder „De Schitz kommt!“ Oder „De Bautz kommt on hatt es Messer em Sack!“ In der Zeit vor dem ersten Schulgang ängstigte man das Kind unverständlicherweise mit den Worten: „Du musst noch in die glühend Kett beiße.“ Und in der Schule nahm dann das Kind die „Greffelbichs“ (Griffelbüchse) und die „Lai“ (Schiefertafel) mit. Noch im zweiten Weltkrieg hieß es im Turnen in der Grundschule: „Wer hat Angst vorm schwarzen Mann? Niemand! Wenn aber einer kommt, dann laufen wir!“

Brave Kinder wurden auf dem Schoße reiten gelehrt. Dazu sang man:

„Reite, reite Rösschen!
Da oben steht ein Schlösschen,
da unten steht ein Glockenhaus,
da gucken drei schöne Jungfrau’n raus!“

Wenn das Kind zum Schlafen gelegt wurde, gab es eine ganze Palette von Schlafliedchen oder Gute-Nacht-Liedern:

„Schlaf, Kindlein, schlaf!
Der Vater hüt’ die Schaf.
Die Mutter schüttelts Bäumelein,
da fällt herab ein Träumelein.
Schlaf, Kindlein, schlaf!“

Oder man sang:

„Schlaf, Kindlein , schlaf!
Am Himmel zieh’n die Schaf.
Die Sternlein sind die Lämmerlein,
der Mond, der ist das Schäferlein.
Schlaf, Kindlein, schlaf!“

Oder man sang:

„Schlafe, mein Prinzchen!
Es ruhn Schäfchen und Vögelchen nun,

Garten und Wiesen verstummt,
auch nicht ein Bienchen mehr summt.
Luna mit silbernem Schein gucket zum Fenster hinein.
Schlafe beim silbernen Schein,
schlafe, mein Prinzchen, schlaf ein, schlaf ein!“

Oder man sang:

„Die Blümelein,
sie schlafen schon längst im Mondenschein.
Sie nicken mit den Köpfchen auf ihren Stängelein.
Es rüttelt sich der Blütenbaum,
er säuselt wie im Traum:
Schlafe, schlafe, schlaf ein, mein Kindelein.“

Und das Kind schlummerte sanft ein und hatte einen süßen Traum. Wenn am anderen Morgen ein Kind nicht aufstehen wollte und noch schlaftrunken war, sang die Mutter:

„Häschen in der Grube saß und schlief,
saß und schlief.
Armes Häschen, bist du krank,
dass du nicht mehr hüpfen kannst?
Häschen hüpf! Häschen hüpf!
Häschen hüpf!“
Und siehe da, das „kranke“ Kind schlug die Äuglein auf und
sprang kerngesund aus dem Bett.
Oder die Mutter sang:
Guten Abend, gute Nacht,
mit Rosen bedacht,
mit Näglein besteckt,
schlupf unter die Deck.
Morgen früh, wenn Gott will,

wirst du wieder geweckt.
Morgen früh, wenn Gott will,
wirst du wieder geweckt."

Oder sie sang:

„Weißt du wie viel Sternlein stehen an dem blauen Himmelszelt?
Weißt du, wie viel Wolken gehen weit hinüber alle Welt?
Gott der Herr, hat sie gezählet,
dass ihm auch nicht eines Fehlet
an der ganzen großen Zahl, an der ganzen großen Zahl."

Und wenn das Kindchen immer noch nicht einschlief, dann sagte die Mutter: „Jetzt zählst du die Schäfchen am Himmel! Und wenn du sie alle gezählt hast, schläfst du ein."

Oder die Mutter sang:

„Still, still, still, weil's Kindlein schlafen will.
Maria tut's zur Ruhe bringen
und ihm ein Schlummerliedlein singen.
Still, still, still, weil's Kindlein schlafen will."

Oder die Mutter sang:

„Der Mond ist aufgegangen,
die güldnen Sternlein prangen
am Himmel hell und klar;
der Wald steht schwarz und schweiget
und aus den Wiesen steiget
der weiße Nebel wunderbar.

Wie ist die Welt so stille
und in der Dämmerung Hülle
so traulich und so hold.

Als eine stille Kammer,
wo ihr des Tages Jammer
verschlafen und vergessen sollt."

Oder die Mutter sang:
„Müde bin ich, geh zur Ruh,
schließe meine Äuglein zu.
Vater lass die Augen dein
über meinem Bette sein.
Hab ich Unrecht heut getan,
sieh es lieber Gott nicht an.
Alle Menschen groß und klein,
sollen dir befohlen sein.
Müden Herzen schenke Ruh,
nasse Augen schließe zu."

ALTE MAIBRÄUCHE DER BUBEN UND MÄDCHEN VON FRÜHER

VOM BRAUCHTUM DES MAISINGENS

Früher fand in vielen Dörfern das Brauchtum des Maisingens statt. Heute sind es nur noch ganz wenige Ortschaften, in denen das Maisingen stattfindet.
Schon Anfang des 19. Jahrhunderts findet in Werschweiler im Ostertal (Saarland) das alljährliche Maisingen statt, ein uralter Brauch, der sonst fast überall ausgestorben ist.
Mit diesem alten Brauch wird der Frühling eingeläutet und herzlich begrüßt. Schon vier bis fünf Wochen vor dem großen Tag am 1. Mai

beginnen die 14-jährigen Mädchen mit den Vorbereitungen. Mittels Mundpropaganda werden die jüngeren Mädchen zum Einstudieren von Liedern eingeladen. Zwei bis drei Mal pro Woche werden fleißig Frühlings- und Maienlieder eingeübt. Von „Jetzt fängt das schöne Frühjahr an“ über „Komm lieber Mai und mache…“ bis „Der Mai ist gekommen…“ müssen alle Lieder von der ersten bis zur letzten Strophe eingeübt werden.
Zwei Tage vor dem eigentlichen Maisingen am 1. Mai ziehen die ältesten Mädchen mit einer Säge, einem Handkarren und viel guter Laune in den Wald. Dort wird ein Birkenbaum – nicht zu groß und nicht zu klein – ausgesucht und umgesägt. Auch werden viele Lärchenzweige mit nach Hause gebracht. Diese müssen eingeweicht und am nächsten Tag „abgezogen“ werden. Ein Tag vor dem Singen sammeln die jungen Mädchen des Dorfes eifrig bunte Frühlingsblumen. Mit diesen Blumen und den Lärchenzweigen winden die älteren Mädchen kleine Blumenkränze. Jedes Mädchen bekommt sein eigenes „maßgeschneidertes“ Kränzchen. Am gleichen Tag wird beim zweitältesten Mädchen der Birkenbaum mit bunten Bändern und Blumen aus Krepppapier geschmückt. Die letzte Nacht vor dem 1. Mai verbringen die Organisatoren bei den Kränzchen und dem Maibaum.
Große Aufregung und Spannung herrscht am folgenden Morgen. Schon um acht Uhr treffen sich alle Sängerinnen und erhalten als Kopfschmuck die Blumenkränzchen. An der Spitze des Zuges ist der bunt geschmückte Maibaum. Dahinter gehen viele singende, mit Blumen geschmückte Mädchen, die von Haus zu Haus ziehen, um die Leute mit Frühlingsliedern zu erfreuen. In Eimern, Schüsseln und Körben werden Eier, Margarine, Speck und Geld gesammelt. Gegen Mittag ist der anstrengende Umzugb beendet. Alle haben eine große Portion Rührei, Spiegelei oder Speckeier verdient, die beim ältesten Mädchen gegessen werden. Mit dem Gedanken, im nächsten

Jahr bestimmt wieder dabei zu sein, endet nach dem schmackhaften Mahl das alljährliche „Maisingen" der Werschweiler Mädchen.

Vom Brunnenreinigen und Maibrunnenfeste früher im Mai

In manchen Ortschaften im saarländischen Ostertal wurden ganz früher am ersten Sonntag im Mai so genannte Maibrunnenfeste gefeiert. Maibrunnenfeste sind Reinigungsfeste im Frühjahr, bei denen nicht nur die Becher und Schöpfkellen geputzt und durch neue Geräte ergänzt wurden. Die jungen Mädchen zogen darüber hinaus zum Dorfbrunnen, reinigten ihn, zündeten dabei Lampen und Kerzen an, die in benachbarte Bäume gesteckt wurden. Zum Schluss bekränzten sie den gereinigten Dorfbrunnen oder legten eine Girlande um seine Mauer, in die auch noch Eier und andere Fruchtbarkeitssymbole gesteckt wurden. Aus den Eiern wurde Kuchen gebacken, den man beim Maitanz miteinander aufaß.
Wenn ein Dorf mehrere Brunnen hatte, so zog die Schar der Mädchen und Kinder von Brunnen zu Brunnen, und oft wurde bei den Häusern, an denen der Zug vorüberwanderte, um Gebäck gebeten. Ein Mädchen war die Brunnenkönigin. Sie war mit einem schneeweißen Gewand bekleidet und symbolisierte die germanische Frühlings- und Fruchtbarkeitsgöttin Hulda, die spätere Frau Holle im Märchen der Gebrüder Grimm.
In manchen Gegenden wurde auch die Brunnenweihe gefeiert. Der Brunnenrand wurde mit Moos und Zweigen bekränzt. In den Moosnestern steckten Eier, aus denen der Dorfbäcker dann einen großen Kuchen backte, den die Kinder unter freiem Himmel verzehrten.

MIT DEM „QUAK“ AN PFINGSTEN DURCH DAS DORF

In meinem Heimatdorf Steinbach gab es früher das uralte Brauchtum des „Pfingstquaks“. Die Jungen des letzten Schuljahrgangs waren damals die Ausrichter dieses alten Pfingstbrauches. Im Alter von 14 Jahren waren sämtliche Klassenkameraden mit dem „Quak“ durch das Dorf unterwegs.

In Werschweiler im Ostertal ist auch heute noch alle Jahre an Pfingstmontag der Quak unterwegs. Die männliche Schuljugend ist der Ausrichter. Acht Tage vorher geht sie mit kleinen Handwagen in den Wald, um grüne Reiser mit Laubwerk zu schneiden. Dieses hält sie in den folgenden Tagen frisch, indem sie es an einem kühlen Orte aufbewahrt. Das Laubwerk dient zur Anfertigung des Quakes. Ein Gestell, das aus Holz besteht und sich von Geschlecht zu Geschlecht forterbt, wird mit dem oben erwähnten Laubwerk durchflochten. Das Gestell hat die Form eines Zylinders. Oben hat es einen Durchmesser von ungefähr 30 Zentimeter und wird durch einen Deckel abgeschlossen. Nach unten erweitert sich das Gestell so, dass der unterste Durchmesser des Kreises ungefähr 50 Zentimeter beträgt. Oberer Kreis und unterer Kreis sind durch Längsstäbchen miteinander verbunden. Die Außenseite des Geflechtes wird noch mit Blumen geziert, während oben auf dem Deckel die Krone einer Tanne (Fichte) zu stehen kommt. Dieses Gestellt stülpt sich ein Junge über den Kopf. Auf der vorderen Seite ist ein Ausguck gelassen. Mit den Händen wird der Quak von innen getragen. Die anderen Quakjungen haben sich alle aus Erlenrinde, welche sie in Kegelform gewunden haben, „Tuten“ („Taratschen“) gemacht, worauf sie während des Umhertragens des Quakes blasen. Auch führen sie Eimer und Körbe mit sich, um den eingesammelten Speck und die

Eier gleich mitnehmen zu können. So wird von Haus zu Haus der „Quak“ gezogen. Auch Geld wird angenommen. Die Eier werden dann nachmittags gemeinschaftlich beim Quakältesten gegessen.

Vom fahrenden Maibaum und vom Maibaumsetzen

In Steinbach bei Ottweiler im Saarland ga es ganz früher noch den fahrenden Maibaum. Die Knaben, die Ostern vorher aus der Schule gekommen waren (Anmerkung: Damals reichte das Schuljahr noch von Ostern bis Ostern), vereinigten sich einige Wochen vor Pfingsten in einer Scheune oder auch in einem Schuppen eines Bauernhofes und wandelten dort ein Handwägelchen so um, dass es in der Frühe des zweiten Pfingsttages als fahrender Busch benutzt werden konnte. Im Innern saß ein Spieler. Vermummte Gestalten zogen den Wagen und brachten vor den Häusern ein Ständchen dar. Andere Vermummte heischten Gaben. Je nachdem die Pfingstgaben ausfielen, wurden sie später gemeinschaftlich verzehrt oder verteilt.

Das Maibaumsetzen war eine schöne Sitte der älteren Buben. Alljährlich wurden in der Nacht zum 1. Mai die so genannten Maibäume gesetzt. Als solche dienten abgehauene Birken. Diese wurden an die beiden immer laufenden Dorfbrunnen gesetzt oder aber vor das Haus einer Person, die man besonders wertschätzte. Große Mädchen bekamen Blumensträuße an den Laden gebunden; wer von den älteren Mädchen nicht gerade in besonderer Gunst stand, einen Ginsterstrauch. Auch wurden Maimänner gemalt und mancher Schabernack an und mit landwirtschaftlichen Geräten in dieser Nacht gespielt.

Alte vergessene Kinderreime und Kinderspiele

„Blindekuh“ wurde früher von kleinen Kindern sehr häufig gespielt. Ein Kind ist die „Blinde Kuh“. Deshalb werden ihm die Augen mit einer Binde oder einem Schal verbunden. Danach wird es ein- oder zweimal um sich selbst gedreht, damit es die Orientierung verliert. Die Mitspieler ärgern nun die „Blinde Kuh“ und stupsen sie. Sie passen jedoch auf, dass sie ihr nicht wehtun. Die „Blinde Kuh“ versucht derweil ein Kind zu schnappen. Gelingt ihr dies, wird dieses die „Blinde Kuh“.
Eines der beliebtesten Kinderreime früherer Zeiten war aus dem „Struwwelpeter“ entnommen. Es ist „die gar traurige Geschichte mit dem Feuerzeug“, die gerne in der Weihnachtszeit gesungen wurde, wenn am Christbaum die Kerzen brannten.

„Paulinchen war allein zu Haus,
die Eltern waren beide aus.
Als sie nun durch das Zimmer sprang
mit leichtem Mut und Sing und Sang,
da sah sie plötzlich vor sich stehn
ein Feuerzeug, nett anzusehn.
„Ei!“, sprach sie, „ei, wie schön und fein!
Das muss ein trefflich Spielzeug sein.
Ich zünde mir ein Hölzlein an,
wie's oft die Mutter hat getan.“

Und Minz und Maunz, die Katzen,
erheben ihre Tatzen.
Sie drohen mit den Pfoten:

„Der Vater hat's verboten!“
Miau! Mio! Miau! Mio!
Lass steh! Sonst brennst du lichterloh!”

Paulinchen hört die Katzen nicht!
Das Hölzchen brennt gar hell und licht,
das flackert lustig, knistert laut,
Grad wie ihr's auf dem Bilde schaut.
Paulinchen aber freut sich sehr
und sprang im Zimmer hin und her.

Doch Minz und Maunz, die Katzen,
erheben ihre Tatzen.
Sie drohen mit den Pfoten:
„Die Mutter hat's verboten!
Miau! Mio! Miau! Mio!
Wirf's weg! Sonst brennst Du lichterloh.

Doch weh! Die Flamme fasst das Kleid,
die Schürze brennt; es leuchtet weit.
Es brennt die Hand, es brennt das Haar
Es brennt das ganze Kind sogar.
Und Minz und Maunz, die schreien
gar jämmerlich zu zweien:
„Herbei! Herbei! Wer hilft geschwind?
Im Feuer steht das ganze Kind!
Miau! Mio! Miau! Mio!
Zu Hilf! Das Kind brennt lichterloh!“

Verbrannt ist alles ganz und gar,
das arme Kind mit Haut und Haar;

ein Häuflein Asche bleibt allein
und beide Schuh', so hübsch und fein.
Und Minz und Maunz, die kleinen,
die sitzen da und weinen:
Miau! Mio! Miau! Mio!
Wo sind die armen Eltern? Wo?"
Und ihre Tränen fließen
wie's Bächlein auf den Wiesen."

„Ich sehe was, was du nicht siehst"

Dies ist ein einfaches Ratespiel für Kinder, ohne dass man dabei Material braucht. Es kann immer und überall gespielt werden, eignet sich aber eher für kleinere Kinder.
Alle Mitspieler sitzen zusammen, am besten in einem Kreis. Ein Spieler beginnt und sagt: „Ich sehe was, was du nicht siehst und das ist grün (nur Farbenbeispiel)." Die anderen raten nun , was um sie herum grün ist, z. B. der Bleistift, das Kissen, die Blätter einer Pflanze, die Trinkflasche etc. Die anderen Mitspieler dürfen nun raten, welcher Gegenstand gemeint war. Wer es als erster richtig errät, ist als nächster an der Reihe und darf sich den nächsten Gegenstand aussuchen.
Wer kennt noch das uralte Kinderspiel „Hänschen, piep einmal", das man gerne zu Kindergeburtstagen spielte?
Einem Mitspieler werden die Augen mit einer Augenbinde oder einem Schal verbunden. Alle anderen Mitspieler sitzen auf einem Stuhl im Kreis. Der Spieler mit den verbundenen Augen steht in der Kreismitte. Er setzt sich nun vorsichtig bei einem Mitspieler auf den Schoß. Dabei darf er ihn jedoch nicht anfassen. Er sagt: „Hänschen,

piep einmal!“ Daraufhin antwortet der Spieler auf dessen Schoß er sitzt: „Piep!“ (er kann hierzu die Stimme verstellen!) Das Kind mit den verbundenen Augen rät jetzt den Namen des Mitspielers. Ist es richtig, wird dieser zum „Ratenden“ (mit verbundenen Augen) und geht in den Kreis. Rät es falsch, muss es beim nächsten Spieler sein Glück versuchen, bis es richtig ist.

Ja, versüßen ließen sich die kleinen Kinder gerne, aber Schokolade gab es im Krieg noch keine Das erste Stück Schokolade erhielt ich selbst von einem amerikanischen Soldaten im April 1945. Ich saß auf unserer Haustreppe, als die Panzer der Amerikaner durchs Dorf fuhren. Da kam ein dunkelhäutiger Amerikaner, ein „Schwarzer“, und schenkte mir ein Stückchen Schokolade. Das war der erste dunkelhäutige Mensch, den sich sah.

Aber in der Schule spielten die Kinder noch in den 50er Jahren im Turnunterricht, wie der Sportunterricht damals noch hieß, sehr gerne ein „Laufspiel“. Und so hieß es dabei: „Wer fürchtet sich vorm schwarzen Mann? Niemand! Und wenn er aber kommt? Dann laufen wir.“

Auch das „Kaffeelied“ unserer Kindheit kennt heute wohl noch jeder. Es hieß immer, Kaffee sei für uns Kinder nicht gesund:

„C , a , f , f , e , e trink nicht so viel Kaffee! Nicht für Kinder ist der Türkentrank, schwächt nicht die Nerven, macht die blass und krank. Sei doch kein Muselmann, der das nicht lassen kann!“

Aber Bohnenkaffee war ja damals noch eine Rarität und „Zichoriekaffee“ war das Standartgetränk in der deutschen Küche. Im Volksmund wurde die Kaffee-Essenz „Ziggorie“ genannt, die unter dem Markennamen „Pfeifer-Diller“ in den Handel kam. Zusammen mit Kneipp-Malz-Kaffee war er stets gefragt. „Ziggorie“ als Kaffeezusatz gab dem Malzkaffee die schwarze Farbe und den Kaffeegeschmack.

„Von Scherzliedern und Spotnamen früher auf dem Dorf“

Scherzlieder, Rätsel und Spottverse gab es früher viele. Da denkt man zunächst an die Vornamen „Hänsel“ und „Gretel“ und an ihr Kinderlied:

„Hänsel und Gretel verirrten sich im Wald.
Es war so finster und auch so bitter kalt.
Sie kamen an ein Häuschen mit Pfefferkuchen fein.
Wer mag der Besitzer von diesem Häuschen sein?

Hu, hu, da schaut eine alte Hexe raus,
sie lockt die Kinder ins Pfefferkuchenhaus.
Sie stellte sich gar freundlich, o Hänsel, welche Not!
Sie will dich braten im Ofen braun wie Brot.

Doch als die Hexe zum Ofen schaut hinein,
ward sie geschoben von Hans und Gretelein.
Die Hexe musste braten, die Kinder gehen nach Haus.
Nun ist das Märchen von Hans und Gretel aus.“

Alle Kinder stellen sich in einem Kreis auf. Zuerst halten sie ihre Augen zu und „bibbern“ am ganzen Körper. Bei „Pfefferkuchen fein“ reibt sich jeder den Bauch und bei „Häuschen“ formen sich die Kinder mit den Händen ein Haus.
In der 2. Strophe formen die Kinder zuerst aus Daumen und Zeigefinger eine Brille und schauen aus dem Hexenhäuschen heraus. Dann locken sie mit dem Zeigefinger. Bei „freundlich“ lächeln sie und bei „Sie will dich braten“ wird die Ofentür aufgemacht. Zu Beginn der 3. Strophe schauen die Kinder in den eben geöffneten

Ofen und schieben dann die Hexe mit beiden Händen hinein. Zum Schluss tanzen alle Kinder fröhlich nach Hause.
Seltsam, dass früher auf dem Dorfe die Buben mit dem Namen „Hans“ immer veräppelt wurden: „Hansel“, „Hänschen“ und „Hänsel“ waren Spottnamen. Daher kommt auch das Wort „hänseln – verhänseln“: „Es wurde jemand „verhänselt“ = verspottet.“ Aber auch die Mädchen mit dem Namen „Margarethe“ wurden verspottet. Es war das „Gretchen“, die „Gret“ oder eben das „Gretel“ – eben „wie das Gretel im Herbst“: Das heißt so viel wie: „Das sieht unordentlich aus wie verlumpt“.
„Was Hänschen nicht lernt, lernt Hans nimmermehr“.

> „Hänschen klein ging allein
> In die weite Welt hinein.
> Stock und Hut stehn ihm gut,
> ihm gar wohlgemut.
> Aber Mutter weinet sehr,
> hat ja nun kein Hänschen mehr!
> Da besinnt sich das Kind,
> läuft nach Haus geschwind.“

Im Herbst, wenn die Birnen reif waren, tanzten die Buben und Mädchen miteinander um den Birnbaum und sangen das Reigenlied:

> „Spannenlanger Hansel, nudeldicke Dirn;
> Gehen wir in den Garten,
> schütteln wir die Birn.
> Schüttel ich die großen, schüttel ich die klein’,
> wenn das Säckchen voll ist,
> gehen wir wieder heim.
>
> Lauf doch nicht so schnelle,
> spannenlanger Hans!

Ich verlier die Birnen und die Schuh noch ganz.
Trägst ja nur die kleinen, nudeldicke Dirn,
und ich schlepp den schweren Sack mit den großen Birn."

Ein anderes Neckliedchen lautet:

„Miller, Miller, Maler
hat de Sack voll Taler;
hat de Sack voll Haselness
on aach enn die Hos geschess.
Miller, Miller, Maler."

Ein anderer Scherzreim war sehr beliebt, besonders wenn die Jungen ein Mädchen ärgern konnten:

„Eine kleine Dickmadam,
fuhr mit der Eisenbahn.
Eisenbahn, die krachte,
Dickmadam, die lachte.
Eins, zwei, drei, du bist frei."

Oder:

„Ich und du, Müllers Kuh; Müllers Esel, das bist du."

Abzählreime als Scherzreime

Natürlich waren auch Abzählreime als Scherzreime sehr beliebt, besonders wenn die Jungen damit ein Mädchen ärgern konnten.

„Eine kleine Dickmadam,
fuhr mit der Eisenbahn.
Eisenbahn, die krachte,

Dickmadam, die lachte.
Eins, zwei, drei – du bist frei."

Oder:

„Ene, mene, miste,
es rappelt in der Kiste.
Ene, meine, meck,
und du bist weg."

Oder:

„Eins, zwei, drei,
Butter in den Brei,
Salz auf den Speck
Und du bist weg."

Oder:

„Ich und du,
Müllers Kuh,
Müllers Esel,
das bist du."

Oder:

„Ene, meine, Tintenfass,
geh zur Schul und lerne was.
Wenn du was gelernet hast,
komm nach Haus und sag mir was.
Eins, zwei, drei und du bist frei."

Oder:

„Ilse Bilse, keiner will se,
kam der Koch und nahm sie doch."

Oder:

„Draus bist du noch lange nicht,
sag mir erst, wie alt du bist!“

Oder:

„Mit der wilden Ilse
geht Hänsel in die Pilze.“

Und wer erinnert sich noch an das Fingerspiel?

„Das ist der Daumen,
der schüttelt die Pflaumen,
der hebt sie auf,
der trägt sie nach Haus,
und der kleine Muppes frisst sie alle auf.“

Am Katharinentag (25. November) wurde vielfach auf den Dörfern immer das Katharinenfest gefeiert. Die Heilige Katharina ist die Patronin der Mädchen, der Jungfrauen, der Lehrer, der Schüler, der Näherinnen und Spinnerinnen. An diesem Tag wurde immer die Strick- und Spinnstube eröffnet. Die Buben und Mädchen durften am Abend dann in Großmutters Spinnstube. Beim Klatsch, Ratsch und Dorftratsch sangen die Mädchen und Buben zusammen mit den Spinnerinnen das „Spinnerlied“ von der „Heißa Katreinerle“:

„Heißa Katreinerle, schnür dir die Schuh,
schürz dir dein Röckele, gönn dir kein Ruh.
Didl, dudi, dadi – schrumm, schrumm, schrumm,
geht schon der Hopser rum.
Heißa, Katreinerle, frisch immer zu!
Dreh wie Rädele flink dich im Tanz!
Fliegen die Zöpfele, wirbelt der Kranz.
Didl, dudi, dadi, schrumm, schrumm, schrumm,

lustig im Kreis herum,
dreh dich, mein Mädel im festlichen Glanz!"

Vor dem Haus tanzten dann die Mädchen und die Buben und ließen sich die Bratäpfel schmecken. Hieß ein Mädchen „Kathrin" oder „Katharina", dann bekam es die doppelte Portion Bratäpfel. Am anderen Tag in der Schule wurde das Mädchen in der Schule „veräppelt": Es war von nun an das „Bratäpfelchen".
Kurze, scherzhafte Abzählreime:

„Ich und du, Müllers Kuh,
Müllers Esel, das bist du!"
„Ene, meine, Tintenfass,
geh in die Schul und lerne was.
Ene, meine, Sandbüchs,
bleib daheim, du kannst nix."

„Ene, meine, miste,
es rappelt in der Kiste.
Ene, meine, meck!
Und du bist weg."

„Ene, meine, muh
und draus bist du.
Draus bist du noch lange nicht,
sag mir erst wie alt du bist!"

Auch ein französisches Kinder-Scherzlied wurde als deutsches Kinderlied übernommen.

„Bruder Jakob, Bruder Jakob (Frère Jaques, Frère Jaques),
schläfst du noch, schläfst du noch?
Hörst du nicht die Glocken?

Hörst du nicht die Glocken?
Ding, dang, dong!
Ding, dang, dong!“

Kinderspiele von früher

Großeltern erzählen ihren Enkeln oft von Spielen, die sie selbst früher gespielt und gesungen haben. Bei manchem Spiel weiß man zwar noch den Namen, doch wie ging das gleich nochmal? Warum sollen die kleinen Kinder von heute nicht auch Spaß an den guten alten oder auch altbewährten Spielen haben? Schön war es doch damals.

Es tanzt ein Bi-Ba-Butzemann
Es tanzt ein Bi-Ba-Butzemann in unserm Kreis herum – dideldum,
es tanzt ein Bi-Ba-Butzemann in unserm Kreis herum.
Er rüttelt sich, er schüttelt sich, er wirft sein Säckchen hinter sich:
Es tanzt ein Bi-Ba-Butzemann in unsrem Kreis herum.

Und so wird’s gemacht: Alle Kinder bilden einen Kreis. Du, zum Beispiel, spielst den Butzemann und hast ein Säckchen – es kann auch ein Taschentuch sein – das du hinter dich werfen kannst.
Zuerst tanzt du im Kreis herum, dann rüttelst und schüttelst du dich so feste du kannst. Fast am Ende des Liedes wirfst du deinen Beutel hinter die Füße von einem anderen Kind – möglichst so, dass das Kind nichts davon bemerkt.
Du tanzt weiter um den Kreis, als wäre nichts geschehen. Wenn das Kind das Säckchen bemerkt, muss es versuchen dich ganz schnell zu

fangen. Wenn es das Säckchen nicht bemerkt tanzt du seelenruhig einmal um den Kreis herum und klopfst dem Kind dann auf den Rücken. Jetzt ist dieses Kind der Bi-Ba-Butzemann und du stellst dich an seine Stelle.

Es geht eine Zipfelmütz

Dieses bekannte Kinderlied ist auch als Kreisspiel im Kindergarten sehr beliebt. Vor allem die jüngeren Kinder sind von diesem Kreisspiel begeistert:

„Es geht eine Zipfelmütz in unserm Kreis herum – widebum.
Es geht eine Zipfelmütz in unserm Kreis herum.
Drei mal drei ist neune,
du weißt ja, wie ich's meine.
Dreimal drei und eins ist zehn,
Zipfelmütz bleib stehn, bleib stehn.
Sie rütteln sich, sie schütteln sich,
sie werfen die Beine hinter sich,
sie klatschen in die Hand,
wir beide sind verwandt."

Spielbeschreibung: Ein Kind ist die Zipfelmütz' und läuft im Kreis umher. Es macht die passenden Bewegungen zum Lied. Bei „bleib steh'n, bleib steh'n" sucht es sich ein anderes Kind aus und bleibt vor diesem stehen. Sie tanzen nun gemeinsam. Nun ist das neue Kind die Zipelmütz' und läuft im Kreis herum. Das andere Kind setzt sich wieder hin.

Grün, grün, grün sind alle meine Kleider …
Grün, grün, grün, sind alle meine Kleider,
grün, grün, grün, ist alles was ich hab!

Darum lieb ich alles was so grün ist,
weil mein Schatz ein Jäger, Jäger, ist.

Weiß, weiß, weiß, sind alle meine Kleider,
weiß, weiß, weiß, ist alles was ich hab!
Darum lieb ich alles was so weiß ist,
weil mein Schatz ein Bäckermeister ist.

Rot, rot, rot, sind alle meine Kleider,
rot, rot, rot, ist alles was ich hab!
Darum lieb ich alles was so rot ist,
weil mein Schatz ein Feuerwehrmann ist.

Blau, blau, blau, sind alle meine Kleider,
blau, blau, blau, ist alles was ich hab!
Darum lieb ich alles was so blau ist,
weil mein Schatz ein Matrose ist.

Schwarz, schwarz, schwarz, sind alle meine Kleider,
schwarz, schwarz, schwarz, ist alles was ich hab!
Darum lieb ich, alles was so schwarz ist,
weil mein Schatz ein Schornsteinfeger ist.

So wird's gemacht:
Alle Kinder stellen sich in einem Kreis auf. Jedes Kind, das ein Kleidungsstück in der besungenen Farbe trägt, flitzt in den Kreis und tanzt und hüpft und springt, bis das nächste Kind in den Kreis kommt.

Ringlein, Ringlein, du musst wandern
Ringlein, Ringlein, du musst wandern

von dem einen zu dem andern.
Das ist hübsch, das ist schön.
Lasst das Ringlein nur nicht seh'n.

So wird's gemacht:
Die Kinder stellen sich in einem Kreis auf. Du selbst stellst dich in die Mitte. Die Kinder im Kreis reichen jetzt hinter ihrem Rücken einen Ring von einem Nachbarn zum anderen. Am Schluss des Lieds musst du erraten, wer den Ring jetzt in Händen hält. Rätst du richtig, tauscht ihr beide die Plätze.

Rätsel, Sitte und Brauch im Lebenslauf des Einzelnen

Rätsel und Spottverse sind überall verbreitet, voll Humor und Bildhaftigkeit.

„Wer es macht, der will es nicht.
Wer es kauft, der braucht es nicht,
Wer es braucht, der weiß es nicht.
Was ist das?" (Der Sarg)

„Es schmeckt nicht sauer, es schmeckt nicht süß.
Es schmeckt wie eingeschlafene Füß." (Das Mineralwasser)

An Fastnacht wird von den Kindern folgendes gesungen:

„S' ist Fasenacht, s'ist Fasenacht,
die Kiechelcher sind gebackt.
Heraus damit, heraus damit,
mir stecke sie in de Sack!"

Dieses Bettelliedchen singend, ziehen noch heute Knaben und Mädchen mit allerlein Kleidungsstücken ihrer älteren Geschwister „verboozt“ und im Gesicht mit Farbstift bemalt von Geschäft zu Geschäft, von Haus zu Haus, an Stelle der „Kiechelcher“ kleinere Münzen erhoffend.

Sitte und Brauch im Lebenslauf des einzelnen (Kindheit):

Auf dem Lande wird das neugeborene Kind innerhalb acht Tagen getauft (so war es früher). Bis zu diesem Tage ist es ein „Heidenkind“. Je nachdem, ob es ein Bube oder ein Mädchen war, erhielt es früher den Vornamen des Vaters oder der Mutter. Waren schon Kinder in der Ehe vorhanden, so wählte man die Vornamen der Paten. Pate und Patin (Patt und Goth) wurden, wenn irgend angängig, der näheren Verwandtschaft entnommen. Pate oder Patin zu werden war eine besondere Ehre, die aber auch zu Patengeschenken verpflichtete.

Die Wiegenlieder sind uralt. So heißt es z. B.:

„Schlaf, Kindlein, schlaf!
Dein Vater hüt' die Schaf,
deine Mutter hüt' die Lämmercher,
in dem dunklen Kämmercher,
schlaf, Kindlein, schlaf!“

Brave Kinder werden auf dem Schoße der Mutter reiten gelehrt. Dazu singt man:

„Reite, reite, Rösselchen!
In Basel steht ein Schlösselchen,
in Rom da steht ein Glockenhaus,
da gucken drei schöne Jungfrauen raus!“

Ein erstes Neckliedchen ist dieses:

„Miller, Miller, Maler;
hatt de Sack voll Taler,
hatt de Sack voll Haselness:
Miller, Miller, Maler.“

Den weinerlichen und ungehorsamen Kindern drohte man: „Pass auf, der schwarze Mann kommt und holt Dich mit!" In der Zeit vor dem ersten Schulgange ängstigte man unverständigerweise das Kind mit den Worten: „Du musst noch in die glühende Kette beißen." In die Schule nahm das Kind die „Griffelbichs" und die „Lai" (Schiefertafel) mit.

Die Mädchen liebten Geschicklichkeitsspiele, „Ballches" und vor allen Dingen die Reigen. Dabei sangen sie:

„Machet auf das Tor, machet auf das Tor,
es kommt ein goldner Wagen!
Wer sitzt darin, wer sitzt darin?
Ein Mann mit langen Haaren.
Was will er denn, was will er denn?
Er will die Schönste haben."

Das größte Reigenlied der Mädchen war das Lied „Mariechen saß auf einem Stein". Dieses Kinderlied wird genauso gesungen wie „Dornröschen war ein schönes Kind …"

„Mariechen saß auf einem Stein,
einem Stein, einem Stein.
Mariechen saß auf einem Stein, einem Stein.

Sie kämmte sich ihr goldnes Haar, goldnes Haar,
goldnes Haar, goldnes Haar.

Mariechen nimm dich nur in acht,
nur in acht, nur in acht.
Mariechen nimm dich nur in acht,
nur in acht.

Da kam ein junger Jägersmann,
Jägersmann, Jägersmann.
Da kam ein junger Jägersmann,
Jägersmann.

Da kam die böse Fee herbei,
Fee herbei, Fee herbei,
Da kam die böse Fee herbei,
Fee herbei.

Verzauberte den Jägersmann,
Jägersmann, Jägersmann.
Verzauberte den Jägersmann,
Jägersmann.

Er meint, Mariechen sei ein Reh,
sei ein Reh, sei ein Reh.
Er meint Mariechen sei ein Reh,
sei ein Reh.

Er schoss Mariechen in das Herz,
in das Herz, in das Herz.
Er schoss Mariechen in das Herz,
in das Herz.

Das Blut, es floss zur Erde,
Erde, Erde.
Das Blut, es floss zur Erde,
Erde.

Mariechen fing zu weinen an,
weinen an, weinen an.
Mariechen fing zu weinen an,
weinen an.

Da kam ein Reitersmann daher,
Mann daher, Mann daher.
Da kam ein Reitersmann daher,
Mann daher.

Mariechen, ach du dauerst mich,
dauerst mich, dauerst mich.
Mariechen , auch du dauerst mich,
dauerst mich.

Mariechen weinte bitterlich,
bitterlich, bitterlich.
Mariechen weinte bitterlich,
bitterlich.

Es kam die gute Fee vorbei,
Fee vorbei, Fee vorbei.
Es kam die gute Fee vorbei,
Fee vorbei.

Mariechen warum weinest du,
weinest du, weinest du.
Mariechen, warum weinest du,
weinest du?

Ja, weil ich heut noch sterben muss,
sterben muss, sterben muss.
Ja, weil ich heut noch sterben muss,
sterben muss.

Du brauchst noch nicht zu sterben,
zu sterben, zu sterben.
Du brauchst noch nicht zu sterben,
zu sterben.

Mein lieb Kind, das gestatt' ich nicht,
gestatt' ich nicht, gestatt' ich nicht.
Mein lieb Kind, das gestatt' ich nicht,
gestatt' ich nicht.

Da kam ein reicher Königssohn,
Königssohn, Königssohn.
Da kam ein reicher Königssohn,
Königssohn.

Er nahm Mariechen an sein Herz,
an sein Herz, an sein Herz.
Er nahm Mariechen an sein Herz,
an sein Herz.

Er machte sie zur Königin,
Königin, Königin.
Er machte sie zur Königin,
Königin.

Sie lebten beide hundert Jahr,
hundert Jahr, hundert Jahr.
Sie lebten beide hundert Jahr,
hundert Jahr.

Drum woll'n wir alle lustig sein,
lustig sein, lustig sein.
Drum woll'n wir alle lustig sein,
lustig sein.

Und uns unsres Lebens freu'n,
Lebens freu'n, Lebens freu'n.
Und uns unsres Lebens freu'n
und nun glücklich sein."

Der Weihnachtsspruch der Kinder lautet auch heute noch:

„Christkind komm in unser Haus,
leer' dein' Kist' und Kasten aus.
Stell dein Eselchen auf den Mist,
dass es Heu und Hafer frisst.
Heu und Hafer frisst es nicht,
Zuckerbrezeln kriegt es nicht."

Der Jahreswechsel ist nicht nur ein Markstein im Leben des einzelnen, sondern auch im Leben der Volksgemeinschaft. Die jungen Burschen „schießen ihrer Braut das neue Jahr an". Auf drei Schüsse folgt dieser alte Spruch:

„Ich wünsche euch ein glücklich neues Jahr,
neues Glück und neues Leben,
darauf soll es Feuer geben."

In manchen Gegenden lautet ein Neujahrsspruch:

„Prost Neujahr!
Ne Brezel wie e Scheierdor,
ein Kuche wie ne Ofenplatt:
Dann esse mir uns alle satt!“

Die Paten schenkten ihren Patenkindern eine große Brezel oder einen Kranzkuchen.

Tierlieder und Tierreime für Kinder

Wenn das Kind am Abend zum Schlafen gelegt wurde, gab es eine ganze Palette von Schlafliedchen oder Gute-Nacht-Liedern. Dabei spielen die Schäfchen immer eine große Rolle.

„Schlaf, Kindlein, schlaf!
Der Vater hüt' die Schaf'.
Die Mutter schüttelts Bäumelein,
da fällt herab ein Träumelein.
Schlaf, Kindlein, schlaf!“
Oder die Mutter sang:
„Schlaf, Kindlein, schlaf!
Am Himmel ziehn die Schaf.
Die Sternlein sind die Lämmerlein,
der Mond, der ist das Schäferlein.
Schlaf, Kindlein, schlaf!“

Oder man sang:

„Schlafe, mein Prinzchen!
Es ruhn Schäfchen und Vögelchen nun,
Garten und Wiese verstummt,
auch nicht ein Bienchen mehr summt.
Luna mit silbernem Schein gucket zum Fenster herein.

Schlafe beim silbernen Schein,
schlafe, mein Prinzchen, schlaf ein!"

Und dann sagte die Mutter zum Kindlein: „Zähle jetzt die Schäfchen am Himmel und dann schläfst du sanft ein!" (Mit den Schäfchen waren natürlich die Wölkchen gemeint.)
Wenn ein kleines Kind kränklich war. legte es die Mutter ins Bett, streichelte es sanft an der Schläfe und sang dazu:

„Heile, heile, Gänsche;
Die Katz', die hat e Schwänzche;
Heile, heile, Mausespeck:
In hundert Jahr ist alles weg."

Hatte ein Kind dazu noch Bauchweh. Dann streichelte die Mutter es über den Bauch und sagte: „Mache ein Bäuerchen!" Und siehe da, das Bauchweh ging weg.
Brave Kinder wurden auf dem Schoße reiten gelehrt. Dazu sang man:

„Reite, reite, Rösschen!
Da oben steht ein Schlösschen,
da unten steht ein Glockenhaus,
da gucken drei „schön" Jungfraun raus!"

Wenn ein Kind am anderen Morgen nicht aufstehen wollte und noch schlaftrunken war, sang die Mutter:

„Häschen in der Grube saß und schlief,
saß und schlief.
Armes Häschen, bist du krank,
dass du nicht mehr hüpfen kannst?
Häschen hüpf! Häschen hüpf!
Häschen hüpf!"

Und siehe da, das „kranke“ Kind schlug die Äuglein auf und sprang kerngesund aus dem Bett.
Ein anderes Schlafliedchen war:

„Schlaf, Kindlein, balde!
Vöglein fliegen im Walde,
sie fliegen wohl über Laub und Gras
und bringen meinem Kindlein was.
Was sollen sie ihm denn bringen?
Zuckerle und Ringe,
schöne Rosinen und Mandelkern,
die isst mein Kindlein gar so gern.“

Nur hundert Meter von der Schule entfernt, hatte ein Imker einen Bienenstand. Einmal im Frühjahr gingen wir dort immer hin. Der Imker erklärte uns das Leben im Bienenstaat. Und wenn dann die „Bienenstunde“ zu Ende war, sangen wir das Liedchen:

„Summ, summ, summ,
Bienchen summ herum!
Fliege über Stock und Stein,
trage süßen Honig ein!
Summ, summ, summ,
Bienchen summ herum!“

Ein beliebter Abzählreim war:
„Millersch Kuh, das bischd du. Millersch Esel, das bischd du. Minne, minne, Maus und du bischd aus.“
Und wohl jeder kennt noch das Kinderlied vom Vogel:

„Kommt ein Vogel geflogen,
setzt sich nieder auf mein’ Fuß;
hat ein Briefchen im Schnabel,
von der Liebsten einen Gruß.

Lieber Vogel, fliege weiter,
nimm ein Gruß mit, einen Kuss,
denn ich kann dich nicht begleiten,
weil ich hier bleiben muss."

Der kleine Vogel bringt eine Nachricht von der Liebsten. Da freuen sich die Kinder und schicken ihn mit einem Kuss zurück.

„Fuchs, du hast die Gans gestohlen":
„Fuchs, du hast die Gans gestohlen,
gib sie wieder her, gib sie wieder her –
sonst wird dich der Jäger holen, mit dem Schießgewehr;
sonst wird dich der Jäger holen, mit dem Schießgewehr.
Liebes Füchslein, lass dir raten,
sei doch nur kein Dieb, sei doch nur kein Dieb:
nimm, du brauchst nicht Gänsebraten, mit der Maus vorlieb;
nimm, du brauchst nicht Gänsebraten, mit der Maus vorlieb."

Ein anderes Tierliedchen:

„Hopp, hopp, hopp!
Pferdchen lauf Galopp!
Über Stock und über Steine,
aber brich dir nicht die Beine!
Hopp, hopp, hopp!
Pferdchen, lauf Galopp!

Hopp, hopp, ho!
Pferdchen frisst kein Stroh:
Muss dem Pferdchen Hafer kaufen,
dass es kann im Trabe laufen.
Hopp, hopp, ho!
Pferdchen frisst kein Stroh."

Alle meine Entchen:

„Alle meine Entchen schwimmen auf dem See,
schwimmen auf dem See.
Köpfchen in das Wasser, Schwänzchen in die Höh."

Armer schwarzer Kater: Kindergeburtstagsspiel

Die Mitspieler sitzen im Kreis. Einer darf den „schwarzen Kater" spielen. Er läuft auf allen Vieren im Kreis herum und geht zu einem Kind seiner Wahl. Dieses streichelt den Kater. Es sagt dabei: „Armer schwarzer Kater". Der Kater hat nun die Aufgabe durch lautes Miauen und das Schneiden von Grimassen das Kind zum Lachen zu bringen. Schafft es das, so muss das Kind ein Pfand abgeben. Es schlüpft zudem jetzt in die Rolle des „schwarzen Katers"

Ein Schneider fing ne Maus

Ein Schneider fing ne Maus,
ein Schneider fing ne Maus,
ein Schneider fing ne Mia-mia-mause-maus.

Was macht er mit der Maus? Was macht er mit der Maus?
Was macht er mit der Mia-mia-mause-maus.

Er zieht ihr ab das Fell, er zieht ihr ab das Fell,
er zieht ihr ab das Mia-mia-mause-Fell.

Was macht er mit dem Fell, was macht er mit dem Fell?
Was macht er mit dem Mia-mia-mause-Fell?

Er näht sich einen Sack, er näht sich einen Sack,
er näht sich einen Mia-mia-mause-Sack.

Was macht er mit dem Sack, was macht er mit dem Sack,
was macht er mit dem Mia-mia-mause-Sack?

Er steckt hinein sein Geld, er steckt hinein sein Geld,
er steckt hinein sein Mia-mia-mause-Geld?

Was macht er mit d em Geld, was macht er mit dem Geld,
was macht er mit dem Mia-mia-mause-Geld?

Er kauft sich einen Bock, er kauft sich einen Bock,
er kauft sich einen Mia-mia-mause-Bock.

Was macht er mit dem Bock, was macht er mit dem Bock,
was macht er mit dem Mia-mia-mause-Bock?

Er reitet im Galopp, er reitet im Galopp,
er reitet in dem Mia-mia-mause-Galopp.

Was macht er im Galopp, was macht er im Galopp,
was macht er mit dem Mia-mia-mause-Galopp?

Er fällt gleich in den Dreck, er fällt gleich in den Dreck,
er fällt gleich in den Mia-mia-mause-Dreck.

Tischlein deck dich, Esel streck dich!

Es steht in den Kindermärchen der Brüder Grimm: „Tischlein, deck dich!“ Ludwig Bechstein übernahm es in sein Deutsches Märchenbuch als „Tischlein deck dich, Esel streck dich, Knüppel aus dem Sack“.

Ein Schneider lebt mit seinen drei Söhnen und einer Ziege zusammen, die sie mit ihrer Milch ernährt, wozu sie täglich auf die Weide muss und dort die allerbesten Kräuter fressen darf. Als der Älteste sie schön geweidet hat und fragt, ob sie satt sei, antwortet diese. „Ich bin so satt, ich mag kein Blatt: mäh! Mäh! Als aber zu Hause die Ziege fragt, antwortet sie mit einer Lüge: „Wovon soll ich satt sein? Ich sprang nur über Gräbelein, und fand kein einzig Blättelein: mäh! mäh!“ Der Vater erkennt die Täuschung der Ziege nicht und jagt im Affekt den Ältesten mit der Elle aus dem Haus. Den beiden anderen Söhnen ergeht es die folgenden Tage genauso. Als der Vater die Ziege dann selbst ausführt und sie draußen so und zu Haus antwortet, erkennt er, dass er seinen Söhnen Unrecht getan hat, schert der Ziege den Kopf und jagt sie mit der Peitsche fort.

Die Söhne gehen bei einem Schreiner, einem Müller und einem Drechsler in die Lehre. Am Ende bekommt der Älteste einen unscheinbaren kleinen Tisch mit; wenn man zu dem sagt „Tischchen, deck dich!“, dann ist er sauber gedeckt und mit den herrlichsten Speisen versehen. Der Mittlere bekommt einen Esel; wenn man zu dem sagt „Bricklebrit!“, dann fallen vorne und hinten Goldstücke heraus. Alle drei Söhne verzeihen dem Vater schließlich während ihrer Wanderjahre und sehen die Möglichkeit, dass auch ihr Vater seinen Groll vergisst, sobald sie ihn mit ihrem eigenen Wunderding gewonnen haben. Die beiden älteren werden aber vor ihrer Heimkunft in ihrer Freigiebigkeit nacheinander vom selben Wirt betrogen, als der dem einen ein falsches Tischchen und dem anderen einen anderen Esel unterschiebt. Sie bemerken es erst, als sie ihr Wunderding zu Hause vorführen wollen. Sie schämen sich vor allen Gästen, die der Vater eingeladen hat, der jetzt weiter als Schneider arbeiten muss.

Der von seinen beiden Brüdern gewarnte Jüngste bekommt von seinem Meister einen „Knüppel im Sack“, der jeden Gegner verdrischt, wenn man sagt „Knüppel, aus dem Sack!“ und erst aufhört, wenn man sagt „Knüppel, in den Sack!“ Damit nimmt er dem Wirt das Tischchen und den Esel wieder ab, als der ihm den Sack – verwendet als Kopfkissen – stehlen will, dessen Wert er ihm vorher gepriesen hatte.

Die Ziege verkriecht sich aus Scham über ihren kahlen Kopf in einen Fuchsbau, wo der Fuchs und dann der Bär vor ihren glühenden Augen erschrecken. Aber die Biene sticht ihr in den geschorenen Kopf, sodass die Ziege vor Schmerz flieht und, nun endgültig heimatlos geworden, abgängig ist.

Eine andere Erzählung beginnt so, dass der Vater die Söhne nacheinander mit Pfannkuchen und Heller wandern schickt. Sie hüten die Herde eines reichen Herren in einer Nussschale, lassen sich aber verbotenerweise von Tanzmusik in ein Haus locken. Tischleindeckdich und Goldesel werden unterwegs vertauscht, erst der Jüngste verstopft seine Ohren mit Baumwolle. Er holt mit dem Knüppel die Wunderdinge wieder. Der Vater freut sich, seine drei Heller an ihnen nicht verschwendet zu haben.

Das Märchen ist auch bekannt unter dem verkürzten und leicht veränderten Titel „Tischlein, deck dich!“ In dieser Form diente es zur Namensgebung von Essensbringdiensten, Gaststätten und Tischdekoration. Das Märchen ist besonders bekannt, insbesondere durch Sprüche wie „Ich bin so satt, ich mag kein Blatt.“ Der Begriff „Goldesel“ wird im übertragenen Sinn gebraucht für Verfahren, die einen hohen wirtschaftlichen Gewinn versprechen, vergleichbar mit der Redensart „Der hat einen Goldesel daheim“, wird für Menschen verwendet, die Geld „mit vollen Händen“ ausgeben.

Die Kinder freuten sich auf den ersten Schnee

Die Kinder warteten sehnsuchtsvoll immer auf den ersten Schnee. Wenn der erste Schnee fiel, dann durften die Kinder natürlich die ersten Schneemänner bauen. Und die Jungen freuten sich auf die erste Schneeballschlacht, die aber auf dem Schulhof verboten war. Mit dem ersten Schneetag verbunden war in der Schule immer dieses Gedicht:

„Nein, wer hätte das gedacht!
Beim zur Schule gehen um halb acht
war noch nichts zu sehn.
Jetzt ist alles puderweiß.
Viele Flocken rings im Kreis
tanzen schwingend Ringelreigen
beim Klang der Himmelsgeigen.“

Und zum Abschluss sangen wir dann dieses Lied:

„Schneeflöckchen, Weißröckchen, wann kommst du geschneit?
Du wohnst in den Wolken, dein Weg ist nicht weit.
Komm setz dich ans Fenster, du lieblicher Stern!
Mals Blumen und Blätter, wir haben dich gern.“

Wie sich die Zeiten geändert haben! Bis in die 40er Jahre des vorigen Jahrhunderts gab es noch keine Zentralheizung. Der Kohleofen brannte in der Küche und in der „guten Stube“, wenn es Weihnachten war. Dann wurde vor allem mit Scheitholz geschürt. Auf dem Ofen brutzelten die Bratäpfel und der Duft durchströmte den ganzen Raum. Wenn die Kinder im Winter morgens aufstanden, ging der erste Blick auf die Fenster, um die Eisblumen zu bewundern. Wenn es draußen in der Nacht bitterkalt war, offenbarte sich eine Wunderwelt am Fenster

Und wenn es dann im Sommer einmal ununterbrochen regnete, dann sangen wir:

„Lass regnen, lass regnen, hat alles seinen Lauf!
Und wenn's genug geregnet hat, dann hört's auch wieder auf.“

Oder die Kinder sangen: „Was ist das für ein Wetter heut, es regnet ja wie toll. Die Straße ist ein großer See, die Gosse übervoll.“

In manchen Dörfern gab es einen „Owwereck“ (Obereck) und einen „Onnereck“ (Untereck). Die Dorfstraße führte von der Dorfmitte den Berg hinauf in den „Obereck“. Und die Jungen, die hier wohnten, hatten es im Winter schön, denn von da oben aus konnten sie die Straße hinunter Schlitten fahren. Das waren damals Kastenschlitten und die Buben machten beim Schlittenfahren „Bauchpanzer“. Sie legten sich mit der Bauchseite auf den Schlitten und fuhren schnell wie der Blitz die Straße hinunter. Autos gab es damals ja noch nicht, nur ganz selten fuhr mitten im Winter mal eine Pferdekutsche durch die Dorfstraßen. Der Kutscher musste dabei mit der Peitsche rechtzeitig anzeigen, dass eine Kutsche unterwegs war. Eislaufen kannte man damals auf dem Dorf noch nicht, denn Schlittschuhe gab es noch nicht.

Den Winter über gingen die Männer am Abend öfters in die Wirtschaft. Und so war ein Versliedchen am Abend sehr beliebt, wenn der Vater mal wieder ins Wirtshaus ging:

„Off de Heh, wächst de Klee,

Futter fier mei Geilche.
Wenn de Vadder ens Wertshaus geht,
macht die Modder e Meilche,
Wenn er aber Kaffee trinkt, hopst die Modder wie e Distel-
fink."

Auch viele Scherzlieder wurden gesungen:

„Morgen früh um sechs
kommt die kleine Hex,
morgen früh um sieben
schält sie gelbe Rüben,
morgen früh um acht,
wird der Kaffee gemacht,
morgen früh um neun
geht sie in die Scheun,
morgen früh um zehn
holt sie Holz und Spän,
morgen früh um elf
kocht sie bis um zwölf:
Fröschebein und Krebs und Fisch;
Hurtig, Kinder, kommt zu Tisch!"

Damit war natürlich die fleißige Hausfrau gemeint. Ja, und mit Trauer erinnern wir uns heute noch an die Zeit zurück, wo die Menschen im Frühling am Feuerwehrlöschteich in der Dorfmitte die Frösche fingen und ihnen beim lebendigen Leibe die Schenkel ausrissen. Daheim wurden sie in der Pfanne gebraten. Und mancher erinnert sich noch, wie dann noch die Schenkel in der Pfanne zappelten.

Das Lieblingslied der Mädchen war das Lied von den Königskindern:

„Es waren zwei Königskinder, die hatten einander so lieb,
sie konnten zusammen nicht kommen,
das Wasser war viel zu tief.

Ach, Liebster, könntest du schwimmen,
so schwimme doch her zu mir,
drei Kerzen will ich dir anzünden,
und die sollen leuchten dir.

Das hört eine falsche Nonne,
die tat, als wenn sie schlief,
sie tat die Kerzen auslöschen,
der Jüngling ertrank so tief.

Ein Fischer wohl fischte lange,
bis er den Toten fand:
Sieh da, du liebliche Jungfrau,
hast hier deinen Königssohn. -

Sie nahm ihn in die Arme
und küsst ihm den bleichen Mund,
es musst ihr das Herze brechen,
sank in den Tod zur Stund.

Und nach diesem Liedchen von den zwei Königskindern las uns die Mutter die beiden Grimms Märchen vom „Froschkönig" und vom „Dornröschen" vor, denn darin wurden beide in Königskinder verwandelt und kamen zusammen.
Von der Schwiegermutter wurde der Schwiegersohn auf die Schippe genommen:

„Siehst du nicht da kemmt er,
lange Schritte nemmt er;
siehst du nicht da kemmt er schon,
der versoffne Schwiegersohn."

Ein anderes Neckliedchen lautet:
„Miller, Miller, Maler
hat de Sack voll Taler;
hat de Sack voll Hasselness
on auch in die Hos geschess.
Miller, Miller, Maler."

Das Patenkind hatte Geburtstag und ihre Patentante sollte einen Geburtstagskuchen für sie backen. Seine Mutter schickt ihr Kind zur Patentante und sagte:
„Meine Ma, meine Ma, meine Mutter schickt mich her,
ob der Ka, ob der Ka, ob der Kuchen fertig wär.
Wenn er na, wenn er na, wenn er noch nicht fertig wär,
käm ich ma, käm ich ma, käm ich morgen wieder her."
Und dass die Mutter ihrer Tochter schon früh das Kuchenbacken beibrachte, war auf dem Dorf doch selbstverständlich:
„Backe, backe, Kuche!
Der Bäcker hat gerufe!
Wer will guten Kuchen backen,
der muss haben sieben Sachen:
Butter und Schmalz, Eier und Salz, Milch und Mehl,
Safran macht den Kuchen gel."

Als die Jungen am Nikolaustag 1949 eine arme Familie bescherten

In meinem Heimatdorf Steinbach bei Ottweiler war es bis Anfang der 1950er Jahre alter Brauch, am Vorabend des Nikolaustages das „Nikolausfechten", wie es im Volksmund hieß, durchzuführen. Die Jungen des letzten Schuljahrganges versammelten sich gegen Abend vor dem Scheunentor des Klassenältesten. Jener wurde unsanft herausgetrommelt. Das Scheunentor öffnete sich und die behagliche Wärme des alten Bauernhauses umgab die Jungen. Allerlei „Requisiten“ legten sie nun ab; die Vermummung konnte beginnen. Umständlich hantierten die Jungen an sich herum und es dauerte bei manchen wohl eine geraume Weile, bis ein „fertiger Nikolaus“ im Halbdunkel der Tenne stand. Es war für die Jungen, die in diesem Winter den Brauch zu pflegen hatten, ungeschriebenes Gesetz, bei dieser ganzen Verkleidungszeremonie nicht sprechen zu dürfen. So hörte man nur ein ständiges Rascheln, das scharrende Füße im Stroh verursachten.

Nun zur Geschichte jenes Nikolausabends, der sich wirklich so zugetragen hat:

Es war im vierten Jahr nach dem Kriege. Ein eiskalter Ostwind pfiff um die Giebel der alten Bauernhäuser. Der Boden war steinhart gefroren, ein sternklarer Himmel ließ die nackte Erde erstarren. Es waren damals acht Jungen. Gerd war der Älteste unter ihnen. Ihm hatten sie die „Führerrolle“ zugesprochen, wie das so üblich war. Der Jüngste und zugleich der Dickste, Hans Peter, war der einzige Sohn des Reichsten Bauern des Dorfes, verwöhnt und geizig. In der Schule aß er die dicksten Butterbrote mit Schinken. Und wie oft lief den anderen Jungen das Wasser im Munde zusammen, wenn Hans Peter , der reiche, wohlgenährte Bauernbub, seine Brote stillschweigend in einer Ecke des Schulhofes verdrückte. Und seltsamerweise fühlte ich mich auf unerklärliche Art zu ihm hingezogen, nicht aber, um vielleicht von den „abgefallenen Brosamen des Reichen“ zu profitieren, die er mir auch bisher nie zukommen ließ. Ich jedenfalls glaubte, einen guten Kern in ihm entdeckt zu haben, der nur darauf wartete, sich entfalten zu können. Vielleicht trug meine Mutter hierzu bei, von der ich wusste, dass Hans Peters Mutter eine herzensgute Frau war, die unter der Strenge ihres Mannes viel zu leiden hatte. Jener Bauer war im Dorf als Geizhals verschrien.

Die Jungen traten aus der Scheune und im gedämpften Schein der alten Straßenlaterne konnten sich nun die Jungen gegenseitig mustern. Den besten Nikolaus gab Gerd ab, er war auch der Größte unter den Jungen. Man musste wohl glauben, er wäre eben erst aus dem „Winterwald“ gekommen. Dann sahen die Jungen den „Dicken“, Hans Peter. Sie alle lachten. Der alte graue Soldatenmantel war ihm viel zu groß, er schlotterte ihm ellenlang über die Füße. Die Ärmel baumelten ihm unwirklich links und rechts am Körper herab. Der lange weiße Bart reichte bis zu den Knien, die Zipfelmütze verhüllte fast das ganze Gesicht. Den knorrigen Eichstock hatte er zwischen die Achsel geklemmt, den alten geflickten Kartoffelsack über die Schulter geworfen. Und das Gehen bereitete ihm Qualen: Die vom Acker gebräunten Bauernstiefel schienen ihm zehn Nummern zu groß sein.
So machten sich die Jungen froh gelaunt auf den Weg ins Dorf. Einer tappte hinter dem anderen über den höckerigen Dorfweg. Gerd hatte die Spitze, Hans Peter schlürfte und stolperte hinter mir und bildete den Schluss.
Nach fünf Minuten erreichten die Buben den Ortseingang. Und hier geschah für die Jungen alle das erste kleine Wunder: Der „Dicke“ griff in seine Manteltasche, nahm ein kleines bauchiges Fläschchen heraus, öffnete es, schüttete ein wenig der klaren Flüssigkeit auf seine gewölbte Handfläche und rieb so nacheinander den Jungen die blau gefrorenen Backen ein. Diese verspürten sogleich eine wohlige Wärme. Die Buben rochen: Es war selbst gebrannter Kornschnaps!
Kaum von der ersten maßvollen Verwunderung erholt, nestelte er aus der anderen Manteltasche eine wohl verpackte Thermosflasche mit einem Becherchen und gab reihum jedem der seiner Klassenbrüder duftenden heißen Tee zu trinken.
Die Wärme durchströmte die Körper der Jungen. Sie brachten kaum ein Dankeschön heraus. Und plötzlich schämten sich die Jungen. Sie tappten durch den ersten dunklen Hausflur. Gerd klopfte an die Tür. Sie öffnete sich. Strahlende Helle umfing die Jungen. Auf der Truhe

am Ofen schmauchte der Großvater sein Pfeifchen. Auf der Ofenplatte brutzelten vier Bratäpfel. Der süßliche Duft erfüllte die warme Stube. Die Hausmutter wischte mit ihrer knöchernen Hand eine Haarsträhne aus dem Gesicht und hieß die Buben willkommen. Nun sagten die Jungen ihren Nikolausspruch auf. Gerd sang die erste Strophe eines Adventsliedes und bat dann um kleine Gaben für „arme Nikolausbuben". Reichlich beschenkt kehrten sie um.

Nach einer guten Stunde – inzwischen war der Vorrat an heißem Tee im Wärmebeutel des „Dicken" ausgegangen – hatten die Jungen die Häuser des Dorfes „abgekloppt". Ihre Säckchen und Manteltaschen waren gefüllt mit Äpfeln und Birnen, Lebkuchen, Hausgebäck, Brezeln und Nüssen. Eben wollten sie zur alten Scheune in Gerds Bauernhaus zurück, um einer alten Sitte gemäß die „gefechteten" Sachen unter sich gleichmäßig aufzuteilen, als Hans Peter mit dem ausgestreckten Ärmel seines überlangen Mantels zum Gemeindeanger am Ende des Dorfes zeigte. Dort, so wussten alle, stand das Armenhaus, ein halbzerfallenes Gebäude, durch dessen Mauerspalte der eisige Wind pfiff. Was wollte er dort? Etwa aufteilen? Aber dort war es kalt und dunkel, und, Gott sei Dank, wohnte seit einem Jahr keine Familie mehr darin.

Allen unerklärlich folgten die Jungen plötzlich dem voraneilenden Klassenjüngsten. Im Näherkommen erspähten die Buben einen leise flackernden, armseligen Lichtschein, der durch die kleinen zertrümmerten Fenster drang. Wer hauste hier? Den Jungen wurde es unheimlich zumute, wussten sie doch, dass das alte Haus verlassen stand.

Die Beine schienen wie gelähmt, doch schon hatte Hans Peter die nur angelehnte Brettertür aufgestoßen und trat ein. Sie folgten ihm. Es blieb ihnen die Stimme versagt. In einer Ecke des kahlen Zimmers saß eine blasse, junge Frau mit drei kleinen Mädchen dicht aneinander gedrängt. Vor ihnen auf dem klobigem Holztisch brannte eine rußgeschwärzte Petroleumlampe. Es war gleichzeitig die einzige Wärmequelle in dem engen, kalten Raum. Das jüngste Kind, kaum

drei Jahre alt, hockte auf der Mutter Schoß und knabberte an einer schwarzen Brotkruste.
Ich hörte später zu Hause, dass jene Frau vor einigen Wochen ihren Mann verloren hatte, der todkrank aus russischer Kriegsgefangenschaft zurückkam und trotz liebevoller Pflege nicht mehr gesundete. Sie stand allein mit drei hungrigen Mäulern, die nicht nur Essen, auch Kleidung und Wohnung suchten. Und die Gemeinde tat einen schlechten Dienst, als man sie hierher verfrachtete.
Die Kleinen schauten den Jungen erschrocken und ängstlich zu – gleich an und kuschten sich noch enger an ihrer Mutter Brust. Die abgehärmte Frau aber fand ein Lächeln. Und ohne ein Wort zu sagen, trat Hans Peter an den Tisch, leerte seinen Vollen Sack darauf aus und kramte auch noch die letzten Lebkuchen aus den Taschen. De Jungen sahen die ungläubig erstaunten Augen der Mädchen. „Gestern Nacht träumte ich. Und ich hörte die Stimme des Sankt Nikolaus, der mich bat, ihm doch heute Abend behilflich zu sein, und hier bei Euch die süßen Sachen auszubreiten." War das Hans Peter, unser „Dicker", so, wie wir ihn jahrelang kannten?
Im trüben Schein der Lampe schien sein Antlitz wie verklärt und um Jahre gereifter. Und je erstaunter ich hinsah, desto mehr erkannte ich den sanften, milden Blick seiner Mutter in seinen Augen.
Und die Jungen – sie alle schämten sich an diesem Abend vor sich selbst – zum zweiten Mal. Stumm legten auch sie, einer nach dem anderen, die Säcke mit den Äpfeln und Nüssen auf den Tisch. Sie sahen die Tränen der Mutter, den stummen Dank, der aus ihren Augen sprach.
Leise kehrten sie um. Niemand sprach auf dem Heimweg ein Wort. Und ihnen allen war plötzlich nicht mehr kalt. Eine innere Wärme hatte sie alle erfasst. Sie sahen die Sterne, sie schienen ihnen so nah zu sein. Sie sahen den Mond, er kam ihnen wie die Sonne vor.
Des anderen Tages sprach es sich bald im Dorf herum. Der „dickste" Dorfbauer, jener Geizkragen, hatte die arme Witwe mit ihren drei Kindern zu sich in sein schönes Bauernhaus genommen.

Altbewährte Kinderspiele unserer Großeltern – Uralte Erinnerungen werden wieder wachgerufen

Die schönen Kinderspiele unserer Urgroßeltern und Großeltern versüßten ihren Alltag. Mit anderen Kindern Spaß treiben gab es immer – ob bei Regenwetter drinnen oder bei schönem Wetter draußen. Und im strengen Winter über wurden auch Märchen abends gelesen – unter der Petroleumlampe, denn elektrisches Licht gab es ja noch nicht.

Beim „Versteckelches“ draußen hatten die Mädchen in der Regel immer die Nase vorn. Und ohne die vielen Spiele der Schulkinder auf den Dorffesten, wären diese oft armselig gewesen. Zu einem Dorffest gehörte früher immer ein Luftballonaufsteigen, das die Kinder mit ihrer Schule durchführten. Je nach Windstärke flogen die Luftballons der Kinder mehrere hunderte Kilometer weit. Und der Finder schrieb einen Brief an den Absender zurück und so fanden sich auch Brieffreunde.

Sehr beliebt unter den Kindern war das „Klickerches“, das Spiel mit den Murmeln, um dabei möglichst viele zu gewinnen. Dazu mussten die Mädchen und Jungen ein Loch von ungefähr zehn Zentimetern Durchmesser in die Erde graben. Drei Meter entfernt von diesem Loch wurde mit einem Stock eine Anfangslinie gezogen. Von ihr aus versuchten die Spieler, ihre Murmel („Klicker“) in die Kuhle zu rollen. Der Zeitvertreib nannte sich „Klickerches“. Glücklicher Sieger war derjenige, der seinen Klicker zuletzt ins Ziel gekullert hatte. Er konnte alle Murmeln mit nach Hause nehmen.

Und dann war das Hüpfkästchen gerade bei den Mädchen beliebt. Die Mädchen malten allzu gerne Kästchen auf die Straße vor ihrer

Haustür. Je nach Anzahl und Aufbau der Quadrate konnte der Zeitvertreib auf unterschiedliche Art gespielt werden.
Lauf-, Fang- und Versteckspiele gehörten früher zum Alltag eines jeden Kindes. „Bäumchen, wechsle dich“ wurde gerne gespielt. Bei diesem Spiel stellten sich die Kinder neben einen Baum, nur eines blieb in der Mitte der Mitspieler stehen und rief: „Bäumchen, wechsle dich!“ Nun mussten die Kinder neben den Bäumen die Plätze tauschen, während das Kind in der Mitte versuchte, an einen freien Baum zu gelangen. Das Kind, das seinen Baum nicht verließ oder keinen freien Baum mehr erreichte, stellte sich in die Mitte und rief als nächstes zum Bäumchenwechsel auf.
Beliebt war auch der „schwarze Mann“. Alle Kinder stellten sich der Größe nach in einer Reihe auf und zählten durch. Wen die Zahl neun traf, der war der „schwarze Mann“. Er stellte sich auf eine Seite eines abgesteckten Spielfeldes. Auf der anderen waren die restlichen Kinder und sangen: „Schwarzer Mann, rühr mich nicht an!“ Der „schwarze Mann“ rief nach einer Weile: „Wer hat Angst vor dem schwarzen Mann?“ Die anderen Kinder antworteten: „Niemand!“ „Wenn er aber kommt?“ „Dann laufen wir!“ Auf dieses Signal hin wechselten der schwarze Mann und die Kindergruppen die Seiten, indem sie aufeinander zuliefen. Die Kinder mussten versuchen, die andere Seite zu erreichen, ohne vom schwarzen Mann gefangen zu werden.
Bei einem anderen Versteckspiel hieß es: „Eins, zwei, drei, vier Eckstein. Alles muss versteckt sein. Hinter mir und vor mir, gilt es nicht. Eins, zwei, drei – ich komme!“
Beim Froschhüpfen kauerten die Kinder in gleichmäßigem Abstand von etwa einem Meter in einer Reihe hintereinander in Hockstellung nieder und hatten die Hände in die Hüften gestützt. Jetzt hüpfte das erste Kind los, die anderen folgten ihm im gleichen Tempo, ohne

aufeinander zu hüpfen oder umzufallen. Wem das passierte, wurde ausgelacht und musste ganz ans Ende der Reihe.
Vor allem bei den Mädchen beliebt war das Seilhüpfen. Dazu brauchte man ein Sprungseil. Stellte man sich mit geschlossenen Beinen darauf, und reicht es auf beiden Seiten eine Handbreit über die Hüfte, war die Länge richtig. Die einfachste Art des Seilhüpfens, nämlich mit beiden Beinen gleichzeitig, während das Seil über den Kopf nach vorne geschwungen wurde, war schnell zu erlernen. Bei jedem Sprung wurde laut gezählt, und wer eine bestimmte Anzahl Sprünge nacheinander als Erster geschafft hatte, hatte gewonnen. Schwieriger war es aber, nur auf einem Bein zu hüpfen, wobei nach fünf oder zehn Sprüngen jeweils das Bein gewechselt wurde.
Bei den Jungen beliebt war Tauziehen. Zwei etwa gleich starke Gruppen standen sich an einem langen Tau gegenüber. In der Mitte des Taus wurde eine Markierung angebracht, die einen auf dem Boden eingezeichneten Bereich von etwa drei Meter Länge nicht verlassen durfte. Schaffte es eine Gruppe, die Markierung über die Grenze auf ihre Seite zu ziehen, hatte sie gewonnen.
Bei den Jungen beliebt war auch das „Bockspringen“, der „Hahnenkampf“ und „Ritter und Burg“. Zusammen mit den Mädchen spielten sie „der Kaiser schickt seine Soldaten aus“.
Beliebt bei Mädchen und Jungen waren früher auch die verschiedenen Arten und Varianten der Ballspiele. „Balljes“, so sagte man früher dazu, war ein schönes Ballspiel ohne großen Aufwand. Das Ballspiel war besonders bei älteren Kindern beliebt. Bei dem Spiel „Ball an die Wand“ startete das erste Kind mit einem Ballwurf an die Hauswand. Es stellte sich etwa fünf Meter von der Wand entfernt auf. Anschließend warf das Kind den Ball zehn Mal an die Wand und fing ihn anschließend beim Abprall von der Wand wieder auf. Schaffte das Kind dies, so durfte sofort mit der nächsten Stufe begonnen werden. Hierbei warf es den Ball erneut an die Wand, jedoch

klatschte es dabei jedes Mal in die Hände und fing den Ball wieder auf. Dies wurde neunmal wiederholt. Achtmal musste das Kind nun vorne und hinten klatschen, anschließend noch siebenmal eine Kreisbewegung mit den Händen machen. Wichtig bei jeder Stufe war, dass der Ball nach dem Abprallen von der Wand wieder gefangen wurde. Unterlief ein Fehler wie beispielsweise das Nichtfangen des Balls, so war der andere Spieler dran und musste seine Reihenfolge von zehn abwärts beginnen. Beim Wechsel stieg das Kind immer dort ein, wo es vorher aufgehört hatte. Dass dieses Ballspiel auch abgewandelt wurde und der Werfer den von der Wand abgeprallten Ball „blind" fangen musste, ist heute noch bekannt. „Blind" sein bedeutete, dass der Ballfänger eine Binde um die Augen gebunden hatte.

Bei den Mädchen waren wohl die Reigenspiele und Singspiele am beliebtesten. Wir erinnern uns zum Beispiel an:

„Ringlein, Ringlein, du musst wandern,
von der einen Hand zur andern.
Oh, wie schön! Oh, wie schön!
Ringlein lass dich ja nicht sehn!"

Oder:

„Dornröschen war ein schönes Kind,
schönes Kind, schönes Kind;
Dornröschen war ein schönes Kind, schönes Kind."

Oder:

„Schwesterchen komm tanz mit mir,
beide Hände reich ich dir.
Einmal hin, einmal her, rundherum das ist nicht schwer."

Oder:

„Eins, zwei, drei,
Butter in den Brei,

Salz auf den Speck
Und du bist weg."

Geradezu endlos war der Merkreim vom Jockel:

„Der Herr, der schickt den Jockel aus,
er soll den Hafer schneiden.
Der Jockel schneidt den Hafer nicht
und kommt auch nicht nach Haus."

Und wer kennt noch das Kinderlied vom „Plumpsack"?

„Dreh dich nicht um, denn der Plumpsack geht um.
Wer sich umdreht oder lacht,
kriegt den Buckel schwarz gemacht."

Und so wird's gemacht:

Die Kinder stellen sich im Kreis auf. Ein Kind beginnt als Plumpsack und bekommt ein Taschentuch. Während die Kinder das Lied singen, geht der Plumpsack außen um den Kreis.

Irgendwann lässt er das Taschentuch hinter einem Kind fallen. Bemerkt das Kind das Taschentuch hinter sich, nimmt es das Taschentuch auf und läuft hinter dem Plumpsack her. Der Plumpsack versucht, die frei gewordene Stelle zu erreichen. Schafft er es, ist jetzt das andere Kind der Plumpsack.

Erreicht das Kind aber den Plumpsack, muss der Plumpsack in die Mitte des Kreises und muss dort bleiben. Da kommt man nur heraus, wenn ein anderes Kind in die Mitte muss.

Bemerkt ein Kind das Taschentuch nicht und der Plumpsack läuft eine ganze Runde, so klopft der Plumpsack dem Kind dreimal auf den Rücken und ruft: „Eins, zwei, drei, ins faule Ei!" Jetzt muss sich dieses Kind in die Mitte setzen und darauf warten, dass ein anderes Kind in die Mitte muss.

Kinderreim: Ri-ra-rutsch

„Ri-ra-rutsch, wir fahren mit der Kutsch,
wir fahren mit der Schneckenpost,
die uns keinen Pfennig (Kreuzer) kost.
Ri-ra-rutsch, wir fahren mit der Kutsch."

Es war eine Mutter, die hatte vier Kinder

„Es war eine Mutter, die hatte vier Kinder:
den Frühling, den Sommer, den Herbst und den Winter."
„Der Frühling bringt Blumen, der Sommer den Klee,
der Herbst, der bringt Trauben, der Winter den Schnee."
„Und wie sie sich schwingen im Jahresreih'n,
so tanzen und singen wir fröhlich darein."

Und so wird es gemacht:
Alle Kinder gehen im Kreis in eine Richtung. Vier von ihnen stellen die vier Jahreszeiten dar und tanzen inmitten des Kreises in entgegengesetzter Richtung. In der 3. Strophe suchen sich die vier Jahreszeiten vier neue Kinder aus dem äußeren Kreis aus und tanzen mit ihnen weiter. Diese neuen vier Kinder sind beim nächsten Durchgang die Jahreszeiten und tanzen in der Mitte.
Früher war wohl alles möglich, da konnte sogar eine Oma im Hühnerstall Motorrad fahren:

„Meine Oma fährt im Hühnerstall Motorrad, Motorrad, Motorrad.
Meine Oma fährt im Hühnerstall Motorrad, meine Oma ist ne
ganz patente Frau."
Meine Oma fährt im Hühnerstall Motorrad, Motorrad, Motorrad.

Meine Oma fährt im Hühnerstall Motorrad, meine Oma ist ne ganz moderne Frau.
Meine Oma fährt im Hühnerstall Motorrad, Motorrad, Motorrad.
Meine Oma fährt im Hühnerstall Motorrad, meine Oma hat im hohlen Zahn ein Radio, ein Radio, ein Radio
Meine Oma fährt im Hühnerstall Motorrad, Motorrad, Motorrad, meine Oma hat nen Nachttopf mit Beleuchtung, mit Beleuchtung, mit Beleuchtung.
Meine Oma fährt im Hühnerstall Motorrad, Motorrad, Motorrad, meine Oma hat Klosettpapier mit Blümchen, mit Blümchen, mit Blümchen.
Meine Oma fährt im Hühnerstall Motorrad, Motorrad, Motorrad, meine Oma hat ne Brille mit Gardine, mit Gardine, mit Gardine.
Meine Oma fährt im Hühnerstall Motorrad, Motorrad, Motorrad, meine Oma hat ne Glatze mit Geländer, mit Geländer, mit Geländer.
Meine Oma fährt im Hühnerstall Motorrad, Motorrad, Motorrad, meine Oma hat nen Handstock mit nem Rücklicht, mit nem Rücklicht."

Von den Königskindern und vom Spieglein an der Wand

Heute erinnern sich die Alten unter uns voller Wehmut an die Spiele in ihrer Kindheit und Jugendzeit. Man traf sich wie selbstverständlich jeden Tag, bei Wind und Wetter, spielte draußen bei gutem und weniger gutem, und drinnen bei schlechtem Wetter. Und die Kinder waren noch nicht „verbrieht", wie man in der Mundart heute sagt. Platz war überall ausreichend vorhanden auf den mit Autos noch nicht befahrenen Straßen, im Hof, auf dem Schulhof, auf den Wie-

sen, im nahen Wald oder eben bei befreundeten Kindern zu Hause. Und da die Familien noch in den 30er und 40er Jahren des vorigen Jahrhunderts viele Kinder hatten, fehlte es nicht an „Spielermangel“. Und zudem wohnten früher drei Generationen unter einem Dach, manchmal sogar mit den Urgroßeltern vier Generationen.
Heute gibt es das alles nicht mehr. Haben Kleinfamilien in zubetonierter kinderfeindlicher Umgebung, bei Videospielen, Fernsehgeflimmer, Computerspielen und Handys den Spaß am Spiel, Singen, Sport und Gemeinsamkeit verdrängt? Wann kommt die ferne Zeit unserer frühen Kindheit wieder?
Im Gegensatz zu den Jungen waren die Mädchen früher schon etwas eingebildeter, denn ein jedes von ihnen wollte die Schönste sein, eben eine Prinzessin, wie das auch heute noch vielfach ist. Und so nahm die „Prinzessin“ früher den Spiegel in die Hand und wollte noch schöner sein als Schneewittchen, das eine Lieblingsgestalt der Mädchen war.

„Spieglein, Spieglein, an der Wand!
Wer ist die Schönste im ganzen Land?
Und der Spiegel antwortete:
Frau Königin, Ihr seid die Schönste hier,
aber Schneewittchen über den Bergen
bei den sieben Zwergen
ist noch tausendmal schöner als Ihr.“

Ja, und deshalb wollten die Mädchen eben Schneewittchen sein
Und so ist es wohl bis heute geblieben, während die Jungen sich gerne mit „Max“ und „Moritz“ identifizierten.

Und schließlich waren „Zungenbrecher“ sehr beliebt: Schnellsprechspiele, wobei man sich die Zunge „versprach“:
„Blaukraut bleibt Blaukraut und Brautkleid bleibt Brautkleid.“

„Fischers Fritz fischt frische Fische; frische Fische fischt Fischers Fritz.“
„Hinter Hennesse Hannesse Haus, hängen hundert Hemden raus. Hundert Hemden hängen raus, hinter Hennesse Hannesse Haus.“
Bei den Jungen beliebt war früher das Kinderlied:
„Hopp, hopp, hopp! Pferdchen, lauf Galopp!“

„Hopp, hopp, hopp!
Pferdchen lauf Galopp!
Über Stock und über Steine,
aber brich dir nicht die Beine!
Hopp, hopp, hopp!
Pferdchen, lauf Galopp!“

„Hopp, hopp, ho!
Pferdchen frisst kein Stroh:
Muss dem Pferdchen Hafer kaufen,
dass es kann im Trabe laufen.
Hopp, hopp, hopp, ho!
Pferdchen frisst kein Stroh.“

Übrigens, heute reiten mehr Mädchen als Jungen.

Und am Abend sang die Mutter ihren Kindern dieses Schlaflied:

„Die Blümelein, sie schlafen, schon längst im Mondenschein;
Sie nicken mit den Köpfchen auf ihren Stängelein.
Es rüttelt sich der Blütenbaum, er säuselt wie im Traum:
Schlafe, schlafe, schlaf ein, mein Kindelein.

Die Vögelein, sie sangen so süß im Sonnenschein,
sie sind zur Ruh gegangen in ihrem Nestchen klein.
Das Heimchen in dem Ährengrund, es tut allein sich kund.
Schlafe, schlafe, schlaf ein, mein Kindelein.

Sandmännchen kommt geschlichen und guckt durchs Fensterlein,
ob irgendwo ein Liebchen nicht mag zu Bette sein,
und wo er noch ein Kindchen fand,
streut er ins Aug' ihm Sand.
Schlafe, schlafe, schlaf ein, mein Kindelein."

Und ein weiteres Schlaflied:

„Weißt du, wie viel Sternlein stehen an dem blauen Himmelszelt?
Weißt du wie viel Wolken gehen weithin über alle Welt?
Gott, der Herr, hat sie gezählet, dass ihm auch nicht eines fehlet
an der ganzen großen Zahl, an der ganzen großen Zahl."

Und wenn die Mutter dieses Lied sang, zählte ihr Kindlein die Schäfchen am Himmel und schlief sanft ein.

Und in einem anderen Kinderlied lernten die Kleinen die Vögel kennen, die miteinander Hochzeit hielten:

Ein Vogel wollte Hochzeit machen in dem grünen Walde:
Fi-di-ral-la-la, fi-di-ral-la-la, fi-di-ral-la-la-la-la.
Die Drossel war der Bräutigam,
die Amsel war die Braute.
Die Lerche, die Lerche,
die führt die Braut zur Kerche.

Der Auerhahn, der Auerhahn,
der war der Küster und Kaplan.

Die Meise, die Meise,
die sang das Kyrieleise.

Die Gänse, die Anten,
das war'n die Musikanten.

Der Pfau mit seinem bunten Schwanz,
der führt die Braut zum Hochzeitstanz.

Brautmutter war die Eule,
nahm Abschied mit Geheule.

Es waren zwei Königskinder

Das Lied der beiden Königskinder, die nicht zu einander kommen können, besteht aus insgesamt 17 Strophen. Es ist seit dem 15. Jahrhundert in verschiedenen Variationen bekannt.

„Es waren zwei Königskinder, die hatten einander so lieb,
sie konnten zusammen nicht kommen, das Wasser war viel zu tief;
das Wasser war viel zu tief, das Wasser war viel zu tief."

Taler, Taler, du musst wandern

„Taler, Taler, du musst wandern, auch bekannt als Ringlein, Ringlein, du musst wandern - ist ein traditionelles Kinderspiel, das sich vor allem an Kinder im Kindergarten richtet. Als Material wird lediglich eine Münze oder ein flaches kleines Holzstück benötigt. Während des Spieles wird von allen ein Kinderlied gesungen.

„Taler, Taler, du musst wandern
von der einen Hand zur andern.
Das ist schön , das ist schön.
Taler lass dich nur nicht sehn!"
„Taler, Taler, du musst wandern,
von dem einen Ort zum andern.
Das ist herrlich, das ist schön!
Niemand darf den Taler sehn."

Durchführung des Talerspieles:

Eine beliebig, größere Anzahl Kinder (etwa ab sechs Teilnehmer bis zu fünfzehn oder mehr) sitzen oder stehen im Kreis. Ein Kind hält

zwischen seinen beiden Handflächen einen Taler oder – ersatzweise – einen Ring versteckt. Ein anderes Kind steht außerhalb des Kreises und muss aufpassen: Es soll später erraten können, wer den Taler oder Ring erhalten hat.
Die Kinder im Kreis falten ebenfalls die Hände vor dem Bauch, wobei sie die Handflächen leicht geöffnet halten. Während des gemeinsamen Absingens des Liedes geht der Besitzer des Talers nun reihum von Kind zu Kind und hält seine geschlossenen Handflächen in die geöffneten der Teilnehmer. Irgendwann im Verlaufe des Absingens lässt er unbemerkt den Taler in die Hände eines Kindes im Kreis fallen. Ist das Lied zu Ende, muss nun das Ratekind sagen, wer den Taler erhielt. Rät es richtig, darf es nun selbst den Taler wandern lassen. Hat es falsch geraten, ist das Kind mit dem Taler in der Hand an der Reihe.
Anstatt des Talers kann auch ein Ring als Spielglied verwendet werden.
Unsere Ahnen haben diese Kinderspiele gespielt und gaben sie an unsere Urgroßeltern und Großeltern weiter. Und manche haben sie sogar an ihre Urenkel und Enkel weitergegeben. Die Alten von heute werden auf jeden Fall an ihre Kindheit erinnert und stöbern fasziniert, welche Spiele sie davon noch kennen und welche schon längst in Vergessenheit geraten sind.